Lucy Kunstmann

Geliebtes Alanya

Abenteuer an der Türkischen Riviera
und die ständige Sehnsucht nach Alanya

ERZÄHLUNG

Lucy Kunstmann

Geliebtes Alanya

Abenteuer an der Türkischen Riviera und die ewige Sehnsucht nach Alanya

ERZÄHLUNG

Bibliografische Information der deutschen Nationalbibliothek:
Die Deutsche Nationalbibliothek verzeichnet diese Publikation
in der Deutschen Nationalbibliografie, detaillierte bibliografische
Daten sind im Internet über dnb.dnb.de abrufbar.

TWENTYSIX – Der Self-Publishing-Verlag
Eine Kooperation zwischen der Verlagsgruppe Random House
und BoD – Books on Demand

© 2017 Marina Pirner

Herstellung und Verlag:
BoD – Books on Demand, Norderstedt

ISBN: 9783740729271

Für Peter –
der mich während des Schreibens motivierte

„Man muss eine Heimat haben, sonst reist man ewig"

Marie Pohl, Schriftstellerin

„Heimat ist der Ort, dem man sich verbunden fühlt"

unbekannt

Die Namen der Personen wurden geändert. Ebenso wurden bestimmte persönliche Beschreibungen und kleine Details verändert.

VORWORT

Alanya, einst ein kleines Fischerstädtchen, liegt am Mittelmeer an der südtürkischen Küste, der sogenannten Türkischen Riviera. Alanya gehört zu der Provinz Antalya. Die Einwohnerzahl beträgt etwa 285.407.
Bei deutschen Urlaubern sehr beliebt, sagt man: „Wer einmal nach Alanya kommt, kommt immer wieder." Jährlich kamen bis zu 1,5 Millionen Touristen. Es leben dort zur Zeit 6000 deutsche Einwohner mit eigenen Wohnungen.

Der seldschukische Sultan Alaaddin Keykubat I. residierte im Winter in Alanya. Im 13. Jahrhundert gab er der Stadt den Namen Ala-iye, Stadt des Ala. 1933 nannte sie Mustafa Kemal Atatürk Alanya. Das Wahrzeichen von Alanya ist der aus Ziegelsteinen bestehende 33 m hohe Rote Turm (1226) an der Hafeneinfahrt, der heute als Ethnografisches Museum genutzt wird. Er gehörte einst zur Stadtbefestigung um den Burgberg und kontrollierte nicht nur Seemauer, Hafen und Landmauer, sondern diente auch als Wasserreservoir. „(Quelle:WIKIPEDIA)"

Die Erinnerungen an Alanya drängen sich mir bis jetzt auf. Meine Erlebnisse, seit dem Tag an dem ich das erste Mal in die Türkei flog, stehen mir wieder so deutlich vor den Augen, als wäre es erst gestern gewesen. Das Bild von Alanya und die Ereignisse mit den damit verbundenen Gefühlen nehmen in meinem Kopf immer wieder und wieder deutlich Gestalt an. Sie sind bis heute unvergesslich.
Jetzt hole ich meinen Laptop und beginne zu schreiben.
Einzelheiten tauchen ohne Anstrengung während des Schreibens wieder auf, ohne dass ich mich sehr anstrengen muss. Ich befinde mich wieder mittendrin in den Geschehnissen.

Schreiben hilft die Erlebnisse zu verarbeiten, denn „Schreiben ist wie Medizin und reinigt die Psyche", hatte ich gelesen.

Ich möchte anmerken, dass ich über die politische Situation in der Türkei nicht schreibe, lediglich über persönliche Erlebnisse.

Erstes Kapitel

WIE ALLES BEGANN

Fassungslos las ich vor meinem Briefkasten das Kündigungsschreiben. Wegen Ertragsproblemen hatte die Firma mir und mehreren Arbeitskollegen gekündigt.

Viktoria, meine reiselustige Freundin, befand sich seit einer Woche in der Türkei bei ihrem Freund, der in Alanya lebte und arbeitete. München gefiel mir schon lange nicht mehr. Ich wollte der trostlosen Atmosphäre entfliehen und benötigte unbedingt eine Ortsveränderung. Reisefieber packte mich und so beschloss ich, Viktoria in die Türkei zu folgen.

Andere Länder, insbesondere das südliche Flair und eine schon immer ausgeprägte Abenteuerlust gehören zu meinen Leidenschaften.
Und so buchte ich sofort einen Flug nach Antalya. Ende 2002 flog ich das erste Mal für zehn Tage in die Türkei, Ziel – der beliebte Urlaubsort Alanya.

Im Flugzeug sah ich mir im Bordmagazin noch einmal an, wo sich Alanya geografisch befindet. Nach etwa drei Stunden Flugzeit kamen die Lichter vom Flughafen Antalya langsam näher. Viktoria und Ramazan wollten mich gegen 22 Uhr vor dem Flughafen von Antalya, der Partnerstadt von Nürnberg, abholen. Als ich das Flugzeug verließ, trat mir feuchtwarme Luft entgegen und ich atmete tief durch. Es roch nach dem Süden.

Es warteten viele Leute am Ausgang des Flughafenterminals, doch Viktoria und ihren zwanzigjährigen Freund Ramazan sah ich nicht. Ich wollte Viktoria anrufen, doch das deutsche Handy funktionierte nicht und meine Nervosität steigerte sich. Von den Taxifahrern erfuhr ich, dass Alanya 135 km östlich entfernt von Antalya liegt und die Fahrt mit dem Auto vom Flughafen nach Alanya etwa eineinhalb Stunden dauert. Aber ich kannte die Adresse des Apart Otels, in dem Viktoria wohnte nicht und leichte Panik stieg in mir empor. „Keine Katastrophen mehr, davon hatte ich genug", dachte ich.

Ich befand mich in einem unbekannten Land, war der Landessprache nicht mächtig und stand verloren vor dem Flughafen herum. „Wenn ich nach Alanya fahre, würde ich Viktoria niemals finden", ging es mir durch den Kopf. Ich versuchte die aufsteigende Panik zu unterdrücken, setzte mich ratlos auf eine Bank und war-

tete.
Sollte mein Türkeiurlaub schon am Flughafen zum Fiasko werden? Ich beobachtete die Menschen und dachte mir: „In Deutschland sind die türkischen Leute Ausländer und jetzt bin ich hier Ausländerin." Zwei Stunden später kamen endlich Viktoria, Ramazan und ein Freund, der das Auto fuhr. Aufgeregt lief ich ihnen entgegen. Sie hatten in Antalya gegessen.

Wir luden meinen Koffer in das Auto und fuhren auf der Schnellstraße Richtung Alanya. Die Menschen saßen in ihren erleuchteten Häusern hinter den unterteilten orientalischen Rundbogenfenstern. Links sah ich im schwachen Mondschein die Silhouetten der Berge dunkel aufsteigen und später erschien das Meer. Einige Kilometer vor Alanya erblickte ich die Halbinsel, gekrönt von dem Alanya Kalesi, der ehemaligen Seeräuberfestung. Die Beleuchtung entlang der Burg glitzerte wie eine Perlenkette.

Zweites Kapitel

ALANYA

In Alanya angekommen, stiegen wir vor dem Apart Otel aus, das im Stadtteil Damlataş in der Nähe der Tourismus-Information lag. Ich bekam eine 2-Zimmer-Wohnung mit Küche, Bad und Balkon; einen Stock tiefer befand sich das Apartment von Viktoria und Ramazan. Über mir wohnten Daniela – in der Türkei Yasemin genannt – und Barış. Die achtzehnjährige Yasemin sprach perfekt Türkisch. Sie machte ebenfalls Ferien und besuchte ihren kurdischen Freund. Die beiden kannten sich schon mehrere Jahre und wollten später heiraten, sie planten mindestens vier Kinder zu bekommen. Mit Yasemin konnte man sich trotz ihres Alters gut und über alles unterhalten.

Am nächsten Morgen lud mich Viktoria zum Frühstück in ihr Apartment ein. Anschließend liefen wir zum Kleopatra-Strand, der nur einen Katzensprung entfernt war und wir setzten uns in den feinen Sand.

Der 3,5 Kilometer lange Kleopatra-Strand befindet sich westlich der Halbinsel.

Auf der Halbinsel thront das Alanya Kalesi, eine alte Seldschukenfestung. Die Burg verfügt über 83 Türme und 400 Zisternen.

Königin Kleopatra von Ägypten bekam das Gebiet um Alanya 37 vor Christus vom Römischen Feldherrn Antonius zum Geschenk und badete täglich in dieser Bucht.

Im Türkischen heißt das Meer an der Südküste Akdeniz – Weißes Meer.

Wir beschlossen ein paar Runden zu schwimmen und holten unsere Badesachen aus dem Apart Otel. Die Sonne schien von einem wolkenlosen Himmel und obwohl es erst November war, sprangen wir in das kühle Nass. Danach legte ich mich in die Wellen, die über den Strand mit dem feinen Sand schwappten und atmete tief die Meeresluft ein.

Die eigentliche Badesaison beginnt um den Mai herum, dann kommt der erste große Touristenschub. Im Jahr gibt es mehr als 200 Sonnentage. Im Juli und August ist es in Alanya am heißesten, klärte mich Ramazan auf. Baden kann man hier bis weit in den Herbst hinein.

Die Winterluft war mild, nicht mit der in Deutschland zu vergleichen, es war wie Anfang Frühling.

Am Fuße des Burgberges, also links des Kleopatra-Strandes, liegt die Damlataş-Höhle, eine Tropfsteinhöhle, deren Höhlenluft heilende Eigenschaften auf das Atmungssystem verspricht. Im Inneren herrscht eine gleichmäßige Temperatur von 22 Grad und eine hohe Luftfeuchtigkeit. Es finden dort regelmäßige Führungen statt.
Neben dem Höhleneingang befand sich ein Restaurant, das einen schönen Ausblick über den Kleopatra-Strand bot.
Östlich der Halbinsel liegt der Bougainvillea-Strand. Der Name stammt daher, da auf der östlichen Strandpromenade viele Begonien wachsen. Der Begonienstrand wird auch Keykubat-Strand genannt.
Nach dem kurzen Bad im Meer wollte ich die Stadt sehen und machte mich auf Entdeckungsreise. Das Orientalische gemischt mit dem modernen Flair der Stadt gefiel mir. Ich schlenderte die Atatürk-Straße, einer belebten Einkaufs- und Flaniermeile, entlang. Die bunten Auslagen lockten mit ihren Verkaufsartikeln und luden zum Einkaufen ein. Ich fühlte mich sofort wohl und gar nicht fremd. Das Meer, die mediterrane Pflanzenwelt, die türkische Sprache, die Musik, die Häuser – es gefiel mir einfach alles. Es war alles so farbenfroh. Die landesübliche Bauweise der Häuser gefiel mir besonders gut. So wie in allen südlichen Ländern

saßen die Verkäufer auf Stühlen vor ihren Läden. Eine Gruppe lachender Kinder in blauen Schuluniformen lief mir entgegen. In den eng verwinkelten Gassen wurden Textilien, Lederwaren, Silber- und Goldschmuck angeboten. In einem Souvenirgeschäft kaufte ich für Verwandte und Freunde Lokum – Türkischer Honig, gefüllt mit verschiedenen Zutaten wie Nüssen, Mandeln und Pistazien. Üppig gestaltete Blumenarrangements für sämtliche Festivitäten lagen oder standen vor den Blumengeschäften. Händler boten Teppiche feil. Ich bemerkte, dass es viele Deutsch sprechende Türken gab; alle waren freundlich und herzlich. Ein Teemann brachte Çay auf einem runden, silbernen Tablett über die Straße, ein anderer fuhr sogar mit dem Tablett Fahrrad. Ich sah das erste Mal Männer in weiten anatolischen Pluderhosen. Ein großes, goldenes Schuhputzgerät glänzte in der Sonne auf dem Gehsteig. Das Leben auf der Straße war lebendiger, so wie in allen südlichen Ländern. Der reizvolle Charakter von Alanya nahm mich gänzlich gefangen und ich war sofort verliebt in die bezaubernde Stadt. Ich hatte im Laufe meines Lebens viele südliche Länder bereist, aber hier fühlte ich mich von Anfang an heimisch.

Am zweiten Tag lief ich auf das Alanya Kalesi. Während des Aufstiegs sah ich schöne alte Villen, die die Straßen säumten. Oben angekommen, hatte ich einen herrlichen Blick auf den Kleopatra-Strand und das funkelnde, dunkelblaue Mittelmeer. Ich sah mir die Ruine der Byzantinischen Kirche aus dem 11. Jahrhundert an. Bäuerinnen boten auf Ständen landestypische, selbstgemachte Dinge wie wunderschöne Tischdecken an.

Der Hotelier zeigte Interesse an mir, er sei geschieden, erzählte er am nächsten Tag. Dann lud er uns alle in ein Hotel, in dem er Teilhaber war, zum Abendessen ein. Es war ein Luxushotel und wir aßen gute Speisen, deswegen konnte ich seine Einladung, mit seinem Auto am Abend auf die Burg zu fahren, nicht ablehnen. Auf dem Burgberg machte er Annäherungsversuche, doch ich wehrte mich entschieden dagegen. Nach einigen Monaten sah ich ihn mit seinen zwei kleinen Kindern und erfuhr, dass er verheiratet war.

In den frühen Abendstunden des darauffolgenden Tages begaben sich Viktoria, Yasemin, Ramazan, Barış und ich in den Friseursalon, in dem Ramazan mit seiner Gruppe Folklore-Tänze probte, die sie dann abends in den Hotels aufführten. Nach einer halben Stunde be-

merkte ich einen Mann, der mir auf Anhieb außerordentlich gefiel. Dieser Mann mit dem guten Profil und dem melancholischen Blick interessierte mich; ich schätzte ihn in meinem Alter. Unweigerlich fühlte ich mich zu ihm hingezogen. Ich ließ ihn kaum aus den Augen und fragte Viktoria neugierig: „Wer ist dieser Mann dort vorne?"
„Das ist Deniz, der Quetschenspieler und Tanzlehrer der Gruppe."
„Dieser Mann ist genau mein Typ", flüsterte ich zu Viktoria. Es war Liebe auf den ersten Blick und ich beobachtete ihn wie elektrisiert. Nach einer Stunde, als wir aufbrachen, um den Friseursalon zu verlassen, begegneten sich unsere Blicke und unser Augenkontakt hielt so lange an, bis wir außer Sichtweite waren. Einige Augenblicke später klingelte bei Ramazan das Handy, es war Deniz und er wollte wissen, wer ich sei. Ich war in freudiger Erregung, da das Interesse auf Gegenseitigkeit beruhte. Doch ich wollte nicht sofort Kontakt zu ihm, sondern erst nach ein paar Tagen.

Abends führte uns Ramazan in die Altstadt oberhalb des Hafens in ein Tanzlokal mit Live-Musik. Eine Sängerin sang mit großer Leidenschaft dramatische Lieder. Plötzlich führte mich Ramazan auf die Tanzfläche und machte Bauchtanzbewegungen. Ich brachte nur ein paar ungelenke Bewegungen zustande und wäre am liebsten im Erdboden versunken.

Am nächsten Tag besuchten Viktoria, Ramazan und ich ein Lokal in der Nähe des Hafens und ich bestellte mir Şiş Kebap, einen Spieß mit Grillfleisch. Nach dem Essen schüttete der Kellner uns etwas „Kolonya", ein Eau de Toilette, in die Hände. Zu dieser Zeit war das Lied „Ay Yüzlüm" von Murat Göğebakan der große Hit in der Türkei. In Deutschland hatte ich türkische Musik nie bewusst wahrgenommen, doch jetzt war ich von den melancholischen Melodien, handelnd von Liebes- und Weltschmerz, fasziniert; die Musik ging mir ins Blut. Ich fühlte mich immer mehr wie in meiner wahren Heimat. In Deutschland war ich mir schon immer fremd vorgekommen und bei dem Gedanken daran erst recht.

Nach ein paar Tagen trafen wir uns in einem kleinen Çay-Evi-Lokalı an der grünen Tankstelle an der Atatürk-Straße, denn dort war der Treffpunkt der Tanzgruppe. Ich sah zwei Kanarienvögel in einzelnen Käfigen und machte dem Tankstellenbesitzer klar, dass es besser sei, sie in einen Käfig zu setzen. Doch er ging nicht darauf ein, er hatte bestimmt andere Probleme.

Deniz freute sich mich zu sehen und strahlte über das ganze Gesicht. Der Bus kam und wir fuhren mit der Volkstanzgruppe und der Bauchtänzerin in das berühmte Alara Han, das zwischen Alanya und Side, circa vierzig Kilometer von Alanya entfernt etwas im Landesinneren liegt. Während der einstündigen Fahrt war die Gruppe sehr vergnügt. Sie sangen und lachten und ich fühlte mich von der Gemeinschaft gleich angenommen. Der Bus bog bei der Abzweigung rechts ein und nach einer Weile hielten wir vor dem Alara Han. Das Alara Han ist eine gut erhaltene Karawanserei im fruchtbaren Tal des Alara Çayı, dem angrenzenden Fluss Alara. Es wurde im Jahre 1231 auf den Befehl vom Seldschuken Alaaddin Keykubat erbaut. Die Seldschuken waren ein alttürkisches Herrschergeschlecht in Vorderasien (1040–1157, in Anatolien bis 1308). Der Stamm kam ursprünglich aus dem östlichen Mittelasien. „(Quelle: Geschichte schuelerlexikon.de DUDEN)"

Früher war die Karawanserei Versorgungsstation, in der Kaufleute mit ihren Tieren und Waren sicher untergebracht werden konnten. Die Heerkapelle wurde für die feierlichen Vorbeimärsche und für die Siegesfeiern erbaut.

Im Alara Han probte Deniz mit seinem verklärten Blick auf dem Bağlama, einem Saiteninstrument. Viktoria und ich setzten uns an einen langen Holztisch und ich machte heimlich ein Foto von ihm.

Deniz beherrschte sieben Instrumente, und zwar Saz, Bağlama, Geige, Flöte, Akkordeon, Gitarre und Pauke. Viktoria hatte Ramazan im Alara Han in der Rolle des Sultans auf der Bühne das erste Mal gesehen und sich kurz danach in ihn verliebt.

Während der Darbietung wurden Volkstänze in Nationalkostümen vorgeführt. Die Musik stammte aus dem Osmanischen Reich. Vier Männer zeigten den moslemischen Derwisch-Tanz, einen mystischen Gebetstanz. Der Derwisch-Orden entstand im 13. Jahrhundert in Anatolien. Der Derwisch-Tanz ist kein Volkstanz, sondern ein Meditationsgesang. Die Derwische drehen sich während des Tanzes und fallen in eine gewisse Trance.

Zwischen dem Programm trat eine Bauchtänzerin auf. Auch Ramazan gab einen Bauchtanz zum Besten und die Zuschauer staunten, als sie nach einigen Minuten erkannten, dass sich hinter dem Schleier ein männlicher Bauchtänzer verbarg.

Zum Schluss führte die Gruppe noch türkische Volkstänze aus verschiedenen Gebieten Anatoliens und Nationaltänze aus dem Kaukasus auf.

Viktoria und ich waren von der eindrucksvollen Aufführung und dem stimmungsvollen Flair des Alara Han fasziniert.

Am Ende der Folklore-Show sah ich Deniz hastig drei Gläser Rotwein trinken. Später sagte er zu mir: „Ich wollte mir wegen dir Mut antrinken."
Wir fuhren nach Alanya zurück und er fragte mich: „Gehst du mit zu mir?"

Dies ging mir zu schnell und ich antwortete: „Ich weiß nicht", aber schließlich willigte ich doch ein.

Der Bus bog links in eine schmale, steile Straße beim Kinderpark mit dem Karussell ein. Die Wohnung lag am Berghang im westlichen Stadtteil Kızlarpınarı Mahalle und gehörte seinem Freund Zafer. Die Gegend war vom Tourismus kaum berührt, hier lebten nur Einheimische und selten verirrten sich Touristen dorthin. Eine Steintreppe neben dem Haus führte in die Wohnung. Es war eine schöne, große Wohnung mit einer umwerfenden Aussicht auf das Meer und den westlichen Teil von Alanya – klischeehaft eine Postkartenidylle genannt. Ein Zitronenbaum ragte direkt in den Balkon hinein, so nahe, dass man die Zitronen abpflücken konnte. Ich setzte mich auf einen Stuhl und ließ meinen Blick über das nächtliche, traumhafte Panorama schweifen. In der Ferne funkelten die Lichter von Alanya; weit draußen fuhr ein Schiff zum Hafen. Trotz der großen Entfernung hörte man nachts das beruhigende Rauschen der Brandung. Die fantastische Aussicht auf das Lichtermeer von Alanya, die schöne Umgebung und dieser Mann – alles in allem – ich befand mich wie in einem Traum.

Deniz bereitete am nächsten Morgen ein ausgiebiges Frühstück zu. Mein erstes türkisches Frühstück, bestehend aus Schafskäse, Oliven, Ekmek, dem türkischen Weißbrot und natürlich Çay.
Mittags liefen wir auf der sonnendurchfluteten Straße hinab nach Alanya. Ein Fluss lief unter einer Brücke entlang und feuchte Kühle stieg auf. Auf beiden Seiten des Weges befanden sich Bananenplantagen, dazwischen standen Olivenbäume, deren Blätter im Sonnenlicht silbrig schimmerten.
Unten angekommen, liefen wir zum Viertel Saray Mahalle in die Musikerwohnung, in der normalerweise Deniz und Viktoria's Freund wohnten. Auf der Atatürk-Straße kam uns ein Müllwagen mit Musik entgegen.
Zwei weitere Musikerkollegen, Murat und Furat, wohnten ebenfalls dort. Es war eine 2-Zimmer-Wohnung mit Bad und Balkon im Erdgeschoss; zwei große Palmen, fast zum Anfassen nahe, standen vor dem Balkon. Ein fahrender Händler lief mit seinem Handkarren durch die Straße und pries laut seine Waren an. Vor dem Haus

spielten ein paar Männer das Brettspiel Okey. Am Nachmittag spazierten wir an den Bars und Restaurants an der Hafenmeile entlang und Deniz lud mich spontan zu einem Bootsausflug um den Burgberg herum ein. Ich ahnte, dass dies sein Budget überstieg.

In Alanya, so wie in anderen Urlaubsorten, arbeitet ein großer Teil der Bevölkerung in der Tourismusbranche und lebt von Saisonarbeit. Im Winter haben viele Menschen oftmals keine Arbeit.

Anschließend liefen wir zum Hafen-Restaurant bei der Anlegestelle der Schiffe und tranken Kaffee. Aus dem Radio ertönte das Lied „Ay Yüzlüm" von Murat Göğebakan:

> Gece çöker güller solar
> Gözlerime yaşlar dolar
> Hatırlar bende ağlar
> Neredesin ay yüzlüm

Am späten Nachmittag setzten wir uns an den Damlataş-Strand und betrachteten den Sonnenuntergang.

Am nächsten Abend fuhren Viktoria und ich mit der Folkloregruppe nach Side. Side liegt etwa fünfundsechzig Kilometer westlich von Alanya entfernt und war in der Antike eine bedeutende Hafenstadt.

Die Gruppe probte in der Hotelanlage für ihre Tanzvorführungen. Viktoria und ich verspürten schon seit Stunden rasenden Hunger, den wir nicht mehr ertrugen. Wir sahen uns nach einem Geschäft oder Lokal um, aber es war weit und breit nichts vorhanden. Da wir unsere nagenden Hungergefühle nicht mehr unter Kontrolle hatten, kam einer von uns auf die verwegene Idee, sich wie die anderen Hotelgäste von dem Büffet zu bedienen. Wir nahmen uns einen kleinen Teller von den köstlichen Speisen und setzten uns etwas abseits an einen Tisch. Schnell aßen wir von den guten Speisen, um unseren gröbsten Hunger zu stillen. Danach stahlen wir uns davon. Wir bekamen Angst deswegen im Gefängnis zu landen und erzählten es niemandem. „Aber im Prinzip wird man doch nicht bestraft, wenn man aus Hunger stiehlt. Wird dies nicht Mundraub genannt?", fragten wir uns.

Einen Tag darauf bereiteten wir alle in der Hotelküche des Apart Otels ein Abendessen vor. Ramazan rief Deniz an und lud ihn ein. Während des Wartens auf ihn war ich wahnsinnig aufgeregt. Nach einer Stunde kam er. Im Hotelsalon traute sich keiner den anderen ansprechen, denn wir waren verlegen und verhielten uns nach außen hin kühl. Dies dauerte zwei Stunden. Viktoria schüttelte den Kopf und meinte: „Was ist denn mit euch los, ihr stellt euch aber an!" Verlegen nahm er seine Gitarre und spielte mit seinem ernsten Blick.

Spätabends luden wir Deniz in Viktoria's Wohnung ein, doch der Besitzer verbot es, dass er sich bei uns aufhielt. Das verstanden wir nicht, zumal er ein guter Bekannter von Deniz war. So fuhren wir mit dem Taxi wieder in die Wohnung am Berg. In der Wohnung erzählte er mir: „Meine Familie kommt aus Aserbaidschan und ist in die Türkei ausgewandert. Aus politischen Gründen war ich mehrere Jahre im Gefängnis. Ich bin geschieden, mein halbwüchsiger Sohn wohnt bei seiner Mutter. Meine Frau wurde während der Ehe krank.; sie wohnt jetzt bei ihrer Verwandtschaft in Izmir. Ich bin an der Bauchspeicheldrüse erkrankt und benötige eine Operation, das Geld dafür habe ich noch nicht." Für mich war das kein Urlaubsflirt, dieser Mann bedeutete mir mehr.

Nach zehn Tagen musste ich, ob ich wollte oder nicht, zurückfliegen. Einen Tag vor Urlaubsende schnürte Deniz im Apart Otel meinen Koffer zu und schaute mich unentwegt an. Wir übernachteten einen Tag vor meinem Rückflug in der Musikerwohnung, da sie sich näher am Otogar befand. Als am frühen Morgen der

Wecker klingelte, hallte das Morgengebet des Imams über die Dächer. Deniz begleitete mich zum Flughafen und der Abschied fiel uns beiden schwer.

In München war es bitterkalt und es gefiel mir gar nichts mehr. Alles war grau – der Himmel, die Häuser und die Leute. Ich kam mir wie in einer ganz anderen Welt vor, die mir überhaupt nicht mehr gefiel. Nach zwei Tagen schrieb Deniz per SMS: „Ich vermisse Dich."
Jedes Mal wenn mein Handy mit dem orientalischen Klingelton läutete, war ich äußerst aufgeregt. Nach drei Tagen schrieb er mir: „Please come! I miss you." Ich dachte einen Moment nach, denn ich war ja erst seit sechs Tagen wieder daheim, aber ich hielt es in München nicht aus und buchte noch am gleichen Tag einen Flug nach Antalya. In der Abflughalle sah ich durch die Glasscheibe und hoffte, dass das Flugzeug bald bereit war, die Passagiere aufzunehmen und ich endlich der grauen Stadt entfliehen konnte. Als die türkische Stewardess nach drei Stunden über das Mikrofon angab, dass wir in wenigen Minuten in Antalya landen würden, war ich überglücklich. Während ich in Antalya auf die Kofferausgabe wartete, klopfte mein Herz wie verrückt.

Deniz wartete vor dem Ausgang des Flughafens. Wir waren beide sehr reserviert, denn wir waren durch unsere Verliebtheit sehr verlegen. Wir setzten ein anderes Gesicht auf, da wir unsere Gefühle dem anderen nicht anmerken lassen wollten. Im Bus fragte ihn auch noch eine ältere Türkin: „Seid ihr verheiratet oder wollt ihr heiraten?" Dies war mir sehr peinlich. Deniz sah ratlos drein und gab zu verstehen: „Ich weiß nicht." Nach einer Weile machte der Bus Zwischenstopp und ein paar Leute stiegen dazu.

Diesmal war ich tagsüber in Antalya gelandet und konnte während der Busfahrt die Landschaft genauer betrachten. Ich sah die wolkenverhangenen Taurusberge mit ihren Fichten- und Zedernwäldern, dann tauchte das Meer auf, das im Sonnenlicht hinter den Palmen glitzerte. Ich bewunderte wieder die üppige Vegetation. Nach einer Weile tauchte von weitem Alanya mit seinem mächtigen Burgberg auf. Am Otogar, dem Busbahnhof, holte uns Zafer mit dem Auto ab und fuhr uns in seine Wohnung am Berghang. In einem Supermarkt nahmen wir noch Lebensmittel mit. In der Wohnung überreichte ich Deniz Münchner Weißwürste und eine Flasche Whisky; damals konnte man noch Flaschen in das Flugzeug mitnehmen. Obwohl es noch Winter war, herrschte bereits warme Frühlingsluft. In der Abendsonne genos-

sen wir die herrliche Aussicht auf dem Balkon.
Am Abend fiel in der Wohnung und in der Umgebung wegen Überlastung der Strommasten die Elektrizität aus und Deniz zündete Kerzen an. Dies war neu für mich, so etwas hatte ich in Deutschland noch nie erlebt. Für mich ein besonderes Erlebnis, für Einheimische eher ärgerlich. Nach einer Viertelstunde schaltete sich die Beleuchtung wieder ein.

In den darauffolgenden Tagen fuhr ich abends mit Deniz und der Gruppe in die Hotels, in denen sie ihre Folklore-Tänze aufführten. Nach den Tänzen wurden die Hotelgäste in die Shows miteinbezogen. Die Männer mussten die Bewegungen des Bauchtanzes nachahmen und das Publikum lachte Tränen. Die geschmackvoll ausgestatteten Hotelanlagen waren eine Welt für sich.

Während meiner Spaziergänge durch Alanya sah ich viele Kinder, die auf dem Bürgersteig vor Personenwaagen saßen und Touristen einluden, sich für ein paar Cents oder Euros darauf zu wiegen. Ich sah einen schielenden Jungen mit abstehenden Ohren auf der Straße sitzen. Ich machte verschiedene Einkäufe und Erledigungen und als ich zurückkam, saß der Junge abends immer noch dort und weinte. Der Junge tat mir unendlich leid und ich gab ihm ein

paar Euro. Er saß schon seit sechs Stunden auf dem Gehsteig.
Anfänglich gab ich den Kindern Geld, dann klärte man mich auf, dass Betteln nicht erlaubt ist, denn es sollte nicht unterstützt werden, wenn Eltern ihre Kinder auf die Straßen schicken. So nahm ich mir vor, ihnen anstatt Geld, nur noch Essen und Getränke zukommen zu lassen.

Zwei Tage vor meinem Abflug fragte mich Deniz, ob ich nicht noch hier bleiben könne. Am gleichen Tag buchte ich meinen Flug um, sodass ich mich noch eine Woche länger in Alanya aufhalten konnte.

Deniz und ich besuchten ein Lokal im Stadtviertel Damlataş. Dort jobbte Hülya, die in Deutschland aufgewachsen war und perfekt Deutsch sprach. Sie war mit dem Chef des Lokals, der verheiratet war, liiert. In der Gegenwart von Hülya fragte mich Deniz: „Willst Du mit mir hier in Alanya leben?"
Glücklich und ohne eine Sekunde zu zögern, antwortete ich: „Ja."

Im Süden am Meer zu leben, hatte ich mir schon immer gewünscht und noch dazu mit diesem Mann, in den ich so verliebt war. Schon lange verspürte ich das Verlangen mein Leben komplett zu verändern und neue Herausfor-

derungen reizten mich. „Das ist meine große Chance", dachte ich träumerisch.
„Du musst natürlich Türkisch lernen, aber das hat Zeit", sagte er zu mir. Ich war sprachbegabt und die Landessprache wollte ich auf jeden Fall lernen.
„So einen Mann wie Deniz findest du nie wieder, er kümmert sich so sehr um dich", meinte Hülya und ich fühlte mich wie im siebten Himmel. „Vielleicht befinde ich mich endlich einmal zur richtigen Zeit am richtigen Ort und ein lang gehegter Traum geht in Erfüllung", dachte ich.

Das Leben in der Türkei erschien mir sinnvoller, erstens weil ich schon immer im Süden leben wollte und in der Türkei verspürte ich ein intensiveres Lebensgefühl, mehr Lebensfreude; ich fühlte mich lebendiger. Dieses Gefühl hatte ich noch nirgendwo gehabt. Ich wollte schon seit langem etwas völlig anderes erleben und aus München ausbrechen. „Meinen erlebnishungrigen Charakter konnte ich in Deutschland nie ausleben, dort war mein Dasein bisher eintönig gewesen und hier kommen bestimmt interessantere Herausforderungen auf mich zu", überlegte ich.

Die türkischen Leute erlebte ich gefühlsbetonter, sie befanden sich eher auf meiner emotionalen Ebene. Sie können sehr aufbrausend sein, aber im nächsten Moment lachen sie wieder. Auch ich habe südländisches Temperament, bin impulsiv und neige zu heftigen Temperamentsausbrüchen; auch habe ich den Drang zum Drama.
In der Türkei überkamen mich Glücksgefühle, wie ich sie noch nie zuvor empfunden hatte. „Eine Freundin hätte ich auch schon, nämlich Hülya", spann ich meine Gedanken weiter. In Alanya zu leben, war eine traumhafte Vorstellung.
Auf dem Nachhauseweg fasste Deniz mich am Arm unter und sagte: „Wir gehen jetzt wie ein türkisches Ehepaar spazieren." Mehrere Autos fuhren mit lautem Hupkonzert durch die Straßen. Ein Junge mit weißem Kostüm und turbanartiger Mütze stand im Auto und sah durch das offene Verdeck heraus. „Das ist ein Beschneidungsfest", erklärte mir Deniz.

Abends im romantischen Alara Han, mit der Musikgruppe und Deniz – befand ich mich wie im Freudentaumel und war mir sicher: Hier will ich leben!
Euphorisch rief ich meine Freundin Viktoria an und erzählte ihr mein Vorhaben.

Während der Pause ging ich zum Han Alara Çayı. Ich setzte mich in ein einfaches Gartenlokal ans Flussufer und trank Limonade. Die Umgebung war paradiesisch. Deniz ließ mich nicht aus den Augen und folgte mir auf Schritt und Tritt, wie so oft.

Am nächsten Tag teilte Deniz am Strand Ramazan stolz mit: „Lucy wird demnächst mit mir in Alanya leben."

Am Abend vor meiner Abreise übernachteten wir wieder in der Musikerwohnung. Am frühen Morgen standen wir auf und er brachte mich zum Otogar. Im Bus blickte ich noch einmal auf die Wohnung am Berg, in der ich mit Deniz gewohnt hatte. In der Morgensonne sah ich noch voller Bewunderung die silberne Kuppel einer Moschee glänzen.

Ich kündigte meine Wohnung und gab meiner Familie den Auftrag, meine Möbel zu verkaufen. Ein großer Schritt, der aber unabdingbar war. Ich war fest entschlossen: Die Türkei sollte meine neue Heimat werden! Meine Familie war nicht dagegen, aber auch nicht dafür.
Aber von meinem Vorhaben hätte mich sowieso keiner abhalten können.

Per SMS bat ich Deniz, sich schon mal wegen Arbeit für mich umzuhören.

München war mein Geburtsort, aber dort hatte ich nie gewusst, wo ich hingehöre. Zum ersten Mal in meinem Leben fühlte ich mich an einem Ort wohl.

Meine Freunde stichelten ständig, indem sie mir weismachen wollten, ich müsste in Alanya Kopftuch tragen und in die Moschee gehen. Ich versuchte sie aufzuklären, doch sie gaben ihre Vorurteile nicht auf.
Die ständigen Vorurteile einiger Bekannten gegen das Land Türkei, der Kultur und dem Verhalten der Bevölkerung nervten mich sehr. Später dachte ich mir: „Sollen sie doch glauben, was sie wollen!" Erst nach ein paar Jahren gab ich gelassenere Antworten oder ließ mich auf keine Diskussionen mehr ein. Denn letztendlich wusste ich aus Erfahrung, wie es sich in Alanya verhielt und nicht sie, die alles nur durch Hörensagen kannten.

Drittes Kapitel

LEIDENSCHAFT UND ABENTEUER

Alanya und Deniz zogen mich magisch an. Der Aufbruch in die Türkei, in der ich mich so wohl fühlte und die damit verbundene Spannung, versetzten mich in Hochstimmung.

Ich buchte ein One-Way-Ticket und flog das dritte Mal mit Viktoria, die Ramazan wieder besuchen wollte, nach Antalya. Etwa auf halbem Weg sahen wir Ramazan und Deniz am Straßenrand auf der Küstenstraße vor Manavgat stehen und ich konnte meine Aufregung kaum unterdrücken. Schnell blickte ich in meinen Taschenspiegel und machte mich noch etwas zurecht. Wir begrüßten uns und stiegen in ein Privatauto ein.
Unterwegs suchten wir auf der Küstenstraße ein Lokal auf, in dem ich das erste Mal Suppe aus Schafskopf und Füßen, genannt Kelle Paça Çorbası, zu mir nahm.

In Alanya mieteten wir ein Zimmer, in dem heute nicht mehr vorhandenen Kale-Otel in der Atatürk-Straße. Später wurde aus dem Hotel ein Restaurant mit Einkaufszentrum, genannt Kale-Market.
Nach zwei Übernachtungen im Kale-Hotel fragte ich Deniz: „Wo werden wir denn nun eigentlich wohnen?"
„Das Hotel kommt uns zu teuer, wir müssen ab heute in der Musikerwohnung wohnen", gab er zur Antwort.
Ich war verblüfft, denn ich nahm an, dass er während meines Aufenthaltes in München eine Wohnung für uns ausfindig gemacht hatte.
Die Miete der Musikerwohnung im Viertel Saray Mahalle, drei Minuten vom Strand entfernt, wurde vom Chef der Folklore-Gruppe bezahlt. Die beiden Kollegen schliefen im Salon und wir im Schlafzimmer. Morgens frühstückten wir alle gemeinsam.

Als wir eines Abends im Salon saßen, fragte mich Deniz: „Bist du ein Freund von Hitler?"
Ich fiel aus allen Wolken und sagte entrüstet: „Wie kommst du denn darauf? Ich ganz bestimmt nicht, erstens wurde ich später geboren und außerdem ist mein Vater Kroate!"

Tagsüber ging ich mit Deniz zum Strand. Mittlerweile waren mehr Urlaubsgäste auf den Straßen zu sehen. Touristik-Büros boten Ausflüge nach Kappadokien, Pamukkale, Jeep Safaris in die Taurusberge und andere Besichtigungstouren an.

An einem Abend, es herrschten bereits frühsommerliche Temperaturen, saßen wir auf dem Balkon. Zwei Touristinnen mit Strandkleidung liefen in ihre Hotelanlage. Deniz schüttelte mit dem Kopf: „Das ist nicht gut", sagte er. „Die Leute sollten sich in der Öffentlichkeit unserer Kultur etwas anpassen, vor allen Dingen wegen den älteren Menschen." Ich stimmte ihm zu. „Bei dir ist das anders, du kannst dich anpassen", meinte er.

Viktoria hatte Streit mit Ramazan und siedelte ins Kale-Otel um. Als ich sie dort am nächsten Morgen besuchte, rief mich Deniz nach einer halben Stunde an: „Ich stehe vor dem Otel." Erstaunt sagte ich zu Viktoria: „Deniz hat mich verfolgt." Wir gingen auf den Balkon und sahen ihn auf der anderen Straßenseite stehen." Ich bat ihn hochzukommen.
„Ich möchte bei dir sein und werde heute Abend nicht mit der Folklore-Gruppe auftreten", sagte er.

Als Viktoria wieder heimflog, war mir nicht behaglich zumute. Mit Deniz und drei Männern in einer Wohnung zu wohnen, gefiel mir nicht. Aber im Moment blieb uns nichts anderes übrig. „Das ist nur vorläufig", gab mir Deniz zu verstehen.

Deniz und ich schwammen eines Tages circa fünfhundert Meter hinaus aufs Meer. Plötzlich sah ich zwei große Schatten am Meeresgrund. Ich bekam entsetzliche Angst vor einer Attacke von Haien und geriet in Panik, schreiend schwamm ich zurück. Deniz war ernsthaft besorgt und sprach beruhigend auf mich ein. Nach ein paar Sekunden bemerkte ich, dass es unsere eigenen Schatten waren. Meine Haiphobie, die schon vorher latent durch Horrorfilme wie den „Weißen Hai" im Fernsehen vorhanden gewesen war, kam hier voll zum Ausbruch. Deniz und andere Einheimische erklärten mir, es sei äußerst unwahrscheinlich, Haie anzutreffen. Weiter draußen kann man manchmal Delfine und Schildkröten sehen.

Am Nachmittag lud mich Deniz in eine Pastanesi – Konditorei – zu Baklava ein. Der gute Duft der Kuchen- und Tortenspezialitäten roch bis auf die Straße hinaus. Genussvoll aß ich ein Blätterteiggebäck gefüllt mit Pistazien.

Während wir eines Tages wieder am Strand saßen, beobachtete Deniz mindestens eine halbe Stunde ununterbrochen zwei Touristinnen „Oben ohne." Wutentbrannt stand ich auf, packte meine Badesachen ein und wollte Hülya besuchen. Er rannte mir bis zur Straße hinterher und ich sagte hitzig: „Jetzt kannst du in Ruhe die Frauen beobachten."

Am nächsten Tag wollte ich das Bikinioberteil provokativ ablegen. Deniz bat mich, dies nicht zu tun: „Please don't do this" und bedankte sich, als ich es unterließ. „Aha", dachte ich, „hier wird mit zweierlei Maß gemessen." Den Blicken anderer hätte ich mich Oben ohne sowieso nicht ausgesetzt.

Die drei Männer musizierten jeden Abend und es verlief alles harmonisch. Fast jeden Abend fuhren wir zu den Hotels, denn in den Sommermonaten gibt es reichlich Aufträge für die Volkstanzgruppen.

An den Abenden schrieb Deniz für mich die türkische Grammatik auf, die ich dann am nächsten Tag lernte. Die türkische Sprache zu lernen, fiel mir nicht leicht.

Mit der Wohnsituation fühlte ich mich zunehmend unwohl und dies sagte ich Deniz. In den nächsten Tagen suchten wir nach einer passenden Wohnung, doch als die Vermieter erfuhren, dass Deniz „nur" als Musikant in Hotels auftrat, nahmen sie von einem Mietverhältnis Abstand. Erst jetzt merkte ich, dass er kaum Geld besaß. Das Geld, das er abends als Musiker verdiente, reichte gerade mal für sein Essen, Trinken und Zigaretten.

Ich dachte daran, einen Nähkurs zu besuchen und die hergestellten Handarbeiten – Stickereien und Häkeleien – zu verkaufen, aber dazu benötigte man eine gewerbliche Genehmigung und ich war in Alanya noch nicht einmal gemeldet.

Bei der Wohnungssuche war ich die treibende Kraft. Als wir durch die Straßen liefen, um eine Wohnung zu finden, hatte ich das Gefühl, dass Deniz an einer eigenen Wohnung gar nicht interessiert war.

Am Morgen darauf, als wir auf dem Balkon saßen, ertönte durch das Mikrofon einer Moschee eine weibliche Stimme. Ich fragte Deniz, was das zu bedeuten hat. „Es wird gerade der Tod eines Mannes durchgegeben", erklärte er mir.

Nachmittags fuhren wir mit dem Dolmuş, dem Nahverkehrsbus, zum Keykubat-Strand. Wenn man außerhalb der Busstation einsteigen wollte, brauchte man nur zu winken und der Bus blieb meistens stehen. Im Dolmuş sprachen die Leute leise, nicht so laut wie bei uns in Deutschland. Deniz ermahnte mich immer, wenn ich zu laut sprach. Auch sah ich Kinder, aber auch Erwachsene, die für ältere Leute aufstanden und ebenso machten Männer Frauen Platz. Und ich stellte fest, dass sich junge Leute gegenüber älteren sehr höflich und respektvoll verhielten.

Wir setzten uns bei der Keykubat-Straße in ein Restaurant in Strandnähe mit öffentlichem Swimming-Pool. Deniz erzählte mir von seinem Sohn. „Ich würde es schön finden, wenn wir zu dritt zusammen wohnen könnten", gab er mir zu verstehen. An diesen Gedanken musste ich mich erst noch gewöhnen. „Ich möchte wieder eine Familie", sagte er.

Wir sprachen hauptsächlich Englisch, ein paar Brocken Türkisch und Deutsch; mein Deutsch-Türkisches Wörterbuch befand sich immer in meiner Handtasche. Ich wollte schnell und perfekt die türkische Sprache beherrschen, um die Sprachbarriere zu überwinden, doch es war schwierig, denn die Grammatik unterscheidet sich völlig von der deutschen. Bedingt durch unsere Verständigungsschwierigkeiten kam es oft zu Missverständnissen und zum Streit. Es spielten sich zwischen uns noch viele Gefühlsdramen ab, doch immer wieder glätteten sich die Wogen schnell.

Deniz brachte mir bei, wie man mit dem Çaydanlık, der doppelstöckigen Teekanne, Çay kocht und lernte mir, wie man Zigaretten-Börek zubereitet. Ich hatte einige Mühe den Spinat und Schafskäse in den dünnen Teig einzuwickeln.

Deniz war sehr charmant und fürsorglich; er konnte kochen, putzen, wusch Wäsche und befreite meine Kleidung von Fuseln, bevor wir auf die Straße gingen.

Ein paar Tage später fuhren wir abends wieder mit der Folkloregruppe zum Alara Han. Deniz sagte zu mir: „Du kannst 100 Euro im Monat verdienen. Du brauchst lediglich auf der Bühne vor dem Programm den Touristen die Geschichte des Alara Han erzählen."
„Dies könnte ein Nebenjob für mich sein", überlegte ich. Der Chef schrieb mir den Inhalt der Rede auf und ich probte mit dem Mikrofon, durch das meine Stimme furchtbar klang. Das Eintreffen der Touristenbusse nahte und meine

Nervosität wuchs. Ich stellte mir vor, wie fünfzig Augenpaare auf mich gerichtet sind und das Lampenfieber machte mir derart zu schaffen, sodass ich letztendlich absagte.

Nach vier Wochen zogen wir in Zafer's Wohnung auf den Berg. Deniz ließ mich kaum aus den Augen, selbst in der Wohnung wich er mir kaum von der Seite und sogar beim Umziehen beobachtete er mich.
Leicht gereizt sagte ich zu ihm: „Ich habe hier keine Stunde für mich und ich fühle mich ständig beobachtet."
„Das ist normal", meinte er.
Das ständige „Nicht aus den Augen lassen" von Deniz wurde mir langsam zu viel und ich wollte endlich wieder einmal alleine sein. Wir liefen ins Altstadtviertel oberhalb des Hafens und verabschiedeten uns. Ich fühlte mich beobachtet. Nach ein paar Minuten drehte ich mich intuitiv um und sah Deniz in zwanzig Meter Entfernung hinter mir herlaufen. Er blieb abrupt stehen und gab vor, in ein Schaufenster hineinzusehen. Dann lief er in entgegengesetzter Richtung weiter und war verschwunden. Ich setzte mich in den Schatten auf eine Bank vor die Moschee in der Nähe des Roten Turmes. Irgendwie fühlte ich mich noch immer beobachtet. Einerseits fühlte ich mich geehrt, andererseits war dieses Verhalten befremdlich für mich, denn so etwas

hatte ich noch nie erlebt. Es war eine neue Erfahrung für mich. „Warum verfolgt er mich oder gehört dies zu den Eigenarten der türkischen Männer?", fragte ich mich nachdenklich auf der Bank.
Vor dem Roten Turm kaufte ich an einem Stand Ansichtskarten in allen Varianten von Alanya. In der Altstadt begab ich mich zu einem Kuaför, der mir nach dem Haarschnitt eine Nackenmassage anbot, die ich dankend annahm. Nach zwei Stunden trafen wir uns wieder am Springbrunnen oberhalb des Hafens. Als wir heimliefen, verschwand er in einem Juweliergeschäft. Nach ein paar Minuten kam er heraus und steckte mir einen silbernen Ring an den Finger, über den ich mich sehr freute. In der Wohnung sprach er mich auf die Massage des Friseurs an, von der er eigenartigerweise wusste und machte mir Vorwürfe. „Wie konnte man nur auf einen Friseur eifersüchtig sein?", wunderte ich mich.

Eines Morgens verhielt sich Deniz in Zafer's Wohnung sehr geheimnisvoll und kündigte an: „Ich gehe jetzt zum Otogar, wenn ich zurückkomme, bringe ich eine Überraschung mit."

Nach drei Stunden sah ich ihn mit einem Jugendlichen den steilen Hang emporklettern. In der Wohnung stellte er ihn mir als seinen Sohn Kerim vor. Kerim und ich waren ein bisschen verlegen und am Anfang verhielt er sich mir gegenüber distanziert. Doch nach ein paar Tagen war das Eis gebrochen und er wollte mich immer mehr kennen lernen. Wir mussten sogar zusammen über seinen Vater lachen. Deniz gefiel dies und er sagte zufrieden: „Mein Sohn mag dich."
Seine Mutter wollte nun auf einmal, dass der gemeinsame, heranwachsende Sohn bei dem Vater wohnt. „Das ist so üblich in der Türkei", erklärte mir Deniz.

Am nächsten Morgen kam kein Wasser aus der Leitung. Ich lief in der glühenden Mittagshitze mit zwei Wasserflaschen zum Fluss, um sie aufzufüllen. Eine Familie hieß mich willkommen und forderte mich mit einer einladenden Geste auf, Platz zu nehmen: „Gel, gel! Komm, komm." Ich füllte die großen Wasserflaschen und brachte sie in die Wohnung. Auch dieses kleine Erlebnis nährte meine schon immer vorhandene Abenteuerlust, die bei Einheimischen sicherlich nicht nachzuvollziehen ist.

Im Alara Han lernte ich einen Reiseleiter kennen, den ich wegen Arbeit für mich fragte. Deniz hörte unserer Unterhaltung zu und zog mich anschließend in einen Nebensaal. Mit vorwurfsvoller Miene sah er mich an: „Bitte spreche nicht mit anderen Männern, ich finde Arbeit für dich." Er suchte nach Worten: „Du bist etwas Besonderes für mich." Er sah im Wörterbuch nach: „Ich habe dich auserwählt", fügte er pathetisch hinzu. Ich verstand nicht, was das mit meiner Frage an den Reiseleiter zu tun hatte, fühlte mich jedoch wieder leicht geehrt.

In der Wohnung spielte Deniz jeden Tag auf seinen Musikinstrumenten. Er wirkte dann in sich gekehrt und bekam einen abwesenden Blick. „Woran denkt er?", rätselte ich dann jedes Mal.

Der Chef der Folkloregruppe zahlte nach einiger Zeit kein Geld aus. Deniz wollte eine eigene Gruppe gründen, doch es scheiterte am nicht vorhandenen Geld für den Bus.

Nach mehreren Wochen wurde mir die ganze Situation zu viel. Deniz machte keine Anstalten eine Wohnung zu suchen und hatte nie Geld. „Welche Zukunft hat das?", fragte ich mich besorgt.
Am gleichen Tag entstand ein Streit, weil ich

ihm erzählte, dass ich Zafer gefragt hatte, ob er in Alanya schon zu anderen Touristinnen Kontakt gehabt hatte. Plötzlich wurde er aggressiv und fuhr mich an: „Das geht dich nichts an und warum fragst du Zafer über mich aus, außerdem bin ich nicht verheiratet mit dir." Vollkommen erschrocken über die scharfen Worte und den barschen Tonfall, zumal dies so unerwartet kam, bekam ich plötzlich Angst vor Deniz. Nach ein paar Minuten legte er sich, ohne weiterhin mit mir zu sprechen, schlafen. Ich selber konnte wegen der schroffen Art nicht einschlafen und lief, es war ungefähr zwei Uhr nachts, auf den menschenleeren Straßen nach Alanya hinunter und setzte mich in der lauen Nachtluft an den Kleopatra-Strand auf eine Steinbank. Der Mittelmeerwind streifte mein Gesicht und ich betrachtete das Spiegelbild des Mondes, das im Wasser glitzerte. In der nächtlichen Stille hörte ich ein paar Mal ein Knacksen hinter mir, aber als ich mich umdrehte, sah ich nichts. Im Morgengrauen lief ich wieder zurück zu der Wohnung am Berg. In der Morgendämmerung verkündete bereits der Aufruf des Imam den Beginn des neuen Tages.
Deniz frühstückte bereits und ich erfuhr von ihm, dass am Kleopatra-Strand vor noch nicht langer Zeit, nachts zwei Touristinnen ermordet worden waren. Er riet mir, dort nur noch tagsüber hinzugehen.

Nach ein paar Wochen wollte Zafer auch wieder einmal in seiner Wohnung übernachten. Ansonsten schlief er unten in Alanya bei seinem Chef. Ich ahnte, dass ihm die Situation mit uns zu viel wurde, weil wir uns mittlerweile schon wochenlang in seiner Wohnung aufhielten.

Deniz fand in der Zeitung ein Inserat mit dem Inhalt: Reiseagentur sucht deutsche Mitarbeiterin. Ich rief sofort unter der angegebenen Telefonnummer an, doch bedauerlicherweise war die Stelle schon vergeben.

Während der Fußballweltmeisterschaft waren die Straßen bei jedem Spiel wie leergefegt. Alle Leute verfolgten das Spielgeschehen und die Lokale waren mit Einheimischen und Touristen voll besetzt. Ich wollte natürlich, dass die Türkei Weltmeister wird und fieberte mit den Einheimischen mit.

Yasemin rief mich an. Sie war in Panik und hatte in Deutschland von heute auf morgen Urlaub genommen und einen Flug in die Türkei gebucht. Ihr jahrelanger Freund Barış wollte eine Frau aus Norwegen heiraten. Kurz vor der Heirat hatte sie ihn aufgesucht und angefleht mit der norwegischen Frau keine Ehe einzugehen, doch er wollte sie trotzdem heiraten. Yasemin war psychisch am Ende und ich lud sie ein, zu uns zu kommen. Zu viert wohnten wir in einer billigen Absteige am Rande von Alanya, doch die Unterkunftskosten wurden mir zu viel und so stellte uns Zafer wieder seine Wohnung zur Verfügung.

Yasemin litt an der Borderline-Krankheit und versuchte sich mehrmals in der Wohnung die Arme aufzuschlitzen. Nach ein paar Tagen flog sie wieder nach Deutschland.

Deniz, Kerim und ich blieben weiterhin für mehrere Wochen in Zafer's Wohnung. Nach ein paar Tagen rief Zafer an und teilte Deniz mit, seine Schwester würde kommen und wir müssten spätestens in zwei Tagen die Wohnung räumen. Die Schwester kam dann auf einmal doch nicht und wir konnten uns noch eine Woche in der Wohnung aufhalten. Ich fühlte mich unwohl in der schönen, aber fremden Wohnung und hatte längst begriffen, dass wir nur noch für kurze Zeit geduldet waren. Deniz sah dies nicht als Aufforderung zum Auszug an, bis ich ihm es erklärte.
Nach einer Woche rief Zafer erneut an und forderte Deniz auf, die Wohnung zu verlassen, da seine Schwester jetzt endgültig kommen werde. Auch Deniz erkannte jetzt, dass Zafer uns loshaben wollte. Ich bekam Angst, denn wo sollten Deniz, sein Sohn und ich wohnen? Ich

bezahlte Essen und Trinken und konnte mir keine Pensionskosten leisten. „Seltsam, alle seine Freunde haben eine Wohnung, nur er nicht. Hatte ich zu viel Erwartungen in alles gesetzt? Wie soll denn ein weiteres Zusammenleben mit ihm aussehen?", fragte ich mich und Ernüchterung erfasste mich.

Wir suchten in der Nähe am Berg eine Wohnung und fanden eine für türkische, aber auch für deutsche Verhältnisse winzige Wohnung mit nicht billiger Miete. Wir mussten Kaution bezahlen und ich gab Deniz das Geld dafür. Er wollte zuerst in die Stadt, um etwas zu erledigen und nachmittags dem Vermieter das Geld für die Kaution übergeben. Es wurde Spätnachmittag, es wurde Abend, aber Deniz kam nicht. In der heißen Abenddämmerung wartete ich auf dem Balkon und spähte nach ihm aus. Der Vollmond stand groß über der Burg von Alanya. Sein Sohn und ich betrachteten ein prächtiges Feuerwerk am nächtlichen Himmel, das sich im Meer widerspiegelte, doch ich konnte es nicht genießen.
Ein paar Katzen durchwühlten die Mülltonnen nach Essbarem und ich warf ein paar Brocken Brot auf den Weg. Die vielen Straßenkatzen und herumstreunenden Hunde, die die Straßen bevölkerten, waren mir schon lange aufgefallen und ich fand, man müsse sich um sie kümmern.

Nach zwei Stunden kam endlich ein Anruf von einem seiner Freunde. Auf Englisch teilte dieser mir mit: „Deniz ist im Gefängnis und musste dort das Kautionsgeld für seine Freilassung abgeben, er weiß nicht, wann er freikommen wird."
Ich bekam ein unbehagliches Gefühl in der Magengegend und zweifelte sofort an der Wahrheit der Geschichte. Ich bemerkte gleich, dass dies eine Inszenierung war und erwiderte: „Okay, ich fahre sofort mit dem Taxi zum Gefängnis."
Der Freund stotterte auf einmal und bat mich: „Please, don't do this!" Danach war der Kontakt unterbrochen. „Wahrscheinlich hat er Angst, dass ich im Gefängnis nach Deniz frage", ging es mir durch den Kopf. Keine halbe Stunde nach dem Telefonat tauchte Deniz – nun auf freiem Fuß – in der Wohnung auf. Ich sprach ihn auf diese unglaubwürdige Geschichte an und schrie wütend: „Du hast mich angelogen, ich bin doch nicht dämlich. Wo ist das Geld für den Vermieter?" Ich warf ihm wutentbrannt ein deutsches Schimpfwort ins Gesicht, das er nicht verstand. Verständnis hin und her, das war für meine Begriffe zu viel des Guten. Jetzt befand er sich in Erklärungsnot wegen dem Verschwinden des Geldes, doch er äußerte sich nicht dazu. Ich fragte auch nie mehr danach.

„Warum lerne ich immer solch eigenartige Männer kennen, in Deutschland und auch hier?", waren meine Gedanken. „Ich muss einfach wie ein Magnet auf schwierige Fälle wirken."

Am folgenden Vormittag ging ich Richtung Zentrum. Ich wollte Deniz nicht sehen und lief erst einmal ziellos durch die Straßen. Am Ende des Hafens Richtung Osten, ein paar Meter von der Hafenpromenade entfernt, beim Aile Çay Bahçe'si, einem wunderbar angelegten Familienteegarten, entdeckte ich einen kleinen interessanten Basar. Auf den Ständen verkauften Einheimische schöne, selbsthergestellte Häkel- und Stricksachen. Auf der Damlataş Caddesi bemerkte ich ein interessantes Osmanisches Haus mit Vorgarten. Danach besuchte ich das Alanya Museum in der Hilmi Balci Straße, in dem ich mir Teppiche und Kaligrafien aus dem Osmanischen Reich ansah.

Auf der Straße sah ich ein etwa sechsjähriges Mädchen mit einer Waage auf dem Gehsteig sitzen, das mir unendlich leid tat. In einem Lebensmittelgeschäft kaufte ich ihr Eis, über das sie sich freute.

Plötzlich überfiel mich Müdigkeit und ich wollte mich im Atatürk-Park in den Schatten eines Baumes legen, so wie ich es bei Einheimischen schon oft gesehen hatte, doch dann lief ich „nach Hause."

Als ich abends in die Wohnung ankam, hatte Deniz unsere Utensilien in die Koffer gepackt. „Was soll das?", fragte ich ihn erschrocken. „Weil du so lange weg warst, habe ich unsere Koffer gepackt", sagte er. Im nächsten Moment meinte er: „Aber jetzt bleibe ich, denn du bist ja wieder hier." Plötzlich sagte er aus heiterem Himmel: „Du bist eine Demagogin, du lügst und du hast viel Geld, das weiß ich von Viktoria." Statt eine Antwort zu geben, atmete ich erst einmal tief durch und entgegnete irritiert: „Ich habe gerade mal so viel Geld, um in die Türkei zu fliegen und Lebensmittel zu kaufen." Ich wusste auch, von Viktoria war solch eine Äußerung niemals gekommen.

Am nächsten Morgen verzieh ich ihm die Bemerkung, denn ich ahnte, dass auch seine Nerven blank lagen. Die Atmosphäre entspannte sich wieder, aber es war klar, Zafer's Wohnung mussten wir bald räumen und die Wohnung in der Nähe konnten wir nicht mehr mieten, weil Deniz das Kautionsgeld für sich verwendet hatte.

Zwischendurch erklärte mir Deniz die Sitten und Verhaltensregeln der türkischen Bevölkerung, an die ich mich zu halten hätte. Ein paar Wochen vorher hatte er mich noch gelobt, wie gut ich mich anpassen kann. Ich merkte dann immer, dass diese Sitten und Gebräuche von denen er sprach, nichts mit der Türkei zu tun hatten, sondern von ihm auferstellte Verhaltensmaßnahmen waren. Und das sagte ich ihm dann auch immer sofort: „Aptal değilim! Ich bin nicht dumm! – Ich kenne mittlerweile die Gewohnheiten der Leute in Alanya." Doch immer wieder versöhnten wir uns nach kurzer Zeit.

Auf der Atatürk-Straße traf Deniz einen Freund und bat ihn, uns bei ihm wohnen zu lassen. Der Freund erzählte, er habe im Viertel Saray Mahalle in dem Haus, in dem er wohne, eine eigene Wohnung und versprach uns, die Räumlichkeiten zu überlassen. Wir waren uns nicht sicher, ob er Wort halten würde, doch nach zwei Tagen sperrte er uns auf der gleichen Etage, auf der er wohnte, eine Wohnung auf und übergab uns den Schlüssel. „Die Miete für die Wohnung ist bezahlt", sagte er. Doch nach zwei Tagen stand der Vermieter vor der Tür und verlangte von Deniz Miete. Deniz erklärte dem Vermieter verwirrt: „Mein Freund hat mir versichert, dass die Miete bezahlt ist." Meine Wohnung in München war gekündigt und ich bekam Angst. Doch der Freund erlaubte uns, bei sich und seiner Freundin zu wohnen. Zu viert in der kleinen Wohnung und nur geduldet, fühlte ich mich wieder unwohl.

Diesen Abend wollte ich Rakı trinken und besorgte eine kleine Flasche. In den Geschäften konnte man auch mal anschreiben lassen. Fehlten manchmal ein paar Cents, wurde mir das oftmals erlassen oder man konnte die Rechnung auch am nächsten Tag bezahlen, vorausgesetzt die Geschäftsinhaber kannten den Kunden. Hier hatte ich noch nie einen kleinlichen Ladenbesitzer bemerkt. Am Abend trank ich mit Deniz das erste Mal Rakı und wir aßen Schafskäse und Oliven dazu. Der Rakı schmeckte mir, aber ich vertrug ihn nicht. Meine Nerven waren durch die vorangegangenen Ereignisse extrem angegriffen, es wurde mir alles zu viel und ich geriet außer mir.

Einen Tag später saßen wir zu dritt im romantischen Aile Çay Bahçe´si. Deniz nannte ihn mittlerweile nach meinem Namen – Lucy-Park. Es war eine laue Nacht und der Himmel war voll funkelnder Sterne. Es waren viele Nachtschwärmer unterwegs. Die großen Platanen des Gartens waren mit grünen Lichterketten geschmückt und es spielte eine Live-Band. Der malerische Hafen mit den beleuchteten Ausflugsbooten, deren Lichter sich im Wasser reflektierten, lag vor uns. Das Ambiente war wundervoll, aber meine Stimmung war gedrückt. In dieser idyllischen Abendstimmung klingelte mein Handy. Der Anruf kam von meiner Mutter,

die mir mitteilte, ich müsse aufgrund einer Familienangelegenheit sofort nach München kommen. Ich geriet in Panik. In der Wohnung bekam ich Depressionen und Deniz gab mir eine Beruhigungstablette aus der Apotheke, die sofort wirkte. Ich sagte: „Es ist für mich unter diesen Umständen ohnehin unmöglich hier zu wohnen. Wir haben ja keine eigene Wohnung."
Deniz war niedergeschlagen und weinte leise vor sich hin. Seine Gefühle waren echt. „Du bist etwas Besonderes für mich, ich möchte dich nicht verlieren", sagte er zu mir.

Wir buchten am nächsten Morgen blitzschnell einen Flug für den darauffolgenden Tag. Am nächsten Vormittag saßen wir im Bus nach Antalya und weinten beide.
Er gab mir seine goldene Armbanduhr und sagte: „Behalte sie, bis wir uns wiedersehen." Er flüsterte immer wieder mit niedergeschlagener Stimme: „Askım, Canım. Mein Schatz. Warum, warum?"
Da ich über kein Geld mehr verfügte, liefen wir von der Busstation zum Flughafen.
Deniz wollte in Alanya eine Wohnung finden. Ich fragte ihn: „Wie lange wird das dauern?" Er zuckte mit den Schultern und antwortete: „I don't know." Ich wollte mit ihm in Alanya wohnen, aber wann war das möglich? In der Flughafenhalle hatten wir beide Tränen in den Au-

gen. Im Flugzeug sah ich, wie die Dörfer, Häuser und Felder immer kleiner wurden. „Wann würde ich das alles wiedersehen?", fragte ich mich in Gedanken versunken.
Mein großer Wunsch in Alanya zu leben, ging erst einmal nicht in Erfüllung.

Und wieder gingen SMS hin und her.
In Deutschland litt ich, ich vermisste Deniz und Alanya. In München ausharren zu müssen, empfand ich als Strafe. Deniz hatte immer noch keinen Plan für ein gemeinsames Leben und diese Ungewissheit beunruhigte mich sehr. Freudlos und ohne Antrieb saß ich in meiner Wohnung. Immer wieder sah ich mir das Strandfoto von Deniz an, auf dem er mir besonders gut gefiel.

Obwohl Deniz immer noch keine Wohnung gefunden hatte, flog ich nach einigen Wochen wieder zu ihm. Während der Fahrt mit dem Otobüs sah ich links am Hang das Haus mit der schönen Aussicht über das Meer, in dem ich mit Deniz gewohnt hatte. Sein Sohn wohnte immer noch bei ihm. Deniz bekam für die Zeit, in der ich mich in Alanya aufhielt, von der Schwester seines Chefs eine Wohnung in Mahmutlar. Mahmutlar gehört zum Bezirk Alanya und liegt circa fünfzehn Kilometer östlich hinter Alanya.

Es war August und der süße Duft des blühenden Jasmins lag in der Luft. Zu dieser Zeit war der Hit „Gördün mü?" von Oğuz Yılmaz an allen Ecken zu hören. Ich gab Deniz einen Spitznamen und zwar Teddybär. In der Wohnung tanzte er einmal zu unserer Belustigung den Teddybär-Tanz.

Deniz erzählte mir, dass es im ganzen Haus spuken würde und aus diesem Grund bereits sieben Familien ausgezogen waren. Ich sollte seinem Sohn davon nichts erzählen. „Geister sind in der Türkei ein großes Thema", sagte er. Und tatsächlich, als ich einmal auf der Couch lag, spürte ich eine Hand auf meinem Rücken. Ich drehte mich blitzschnell um, aber Deniz schlief auf der Couch gegenüber, er konnte mich nicht berührt haben.

Eines Abends bekam Deniz starke Schmerzen. Ich beschloss sofort mit ihm den Arzt gegenüber unserer Wohnung aufzusuchen, egal wie viel es koste, denn Deniz war nicht krankenversichert. Er bekam eine Spritze und die Schmerzen waren nach kurzer Zeit verschwunden. Die Spritze kostete lediglich zwei Euro. Kurz darauf ging es Deniz wesentlich besser.

Nach zwei Wochen musste ich wieder nach Deutschland fliegen, denn mit Deniz konnte ich noch nicht in Alanya wohnen.

Als wir mit dem Dolmuş durch Alanya zum Otogar fuhren, liefen mir die Tränen übers Gesicht.

In München musste ich viel erledigen. Ich versuchte die Kündigung meiner Wohnung rückgängig zu machen, aber dies war nicht mehr möglich. Halbherzig sah ich mir einige Wohnungen an, aber sie gefielen mir nicht und außerdem wollte ich ja in Alanya wohnen. Der architektonische Stil in der Türkei gefiel mir besser, die Häuser in Alanya sahen lebendiger aus und die Wohnungen waren verspielter beziehungsweise phantasievoller gebaut.

Kurz vor einer Wohnungsbesichtigung rief mich Deniz mit unglücklicher Stimme an: „I miss you." Die Wohnung sah ich mir nur widerwillig an. Nach einer Woche fand ich doch eine passende Wohnung, klein, aber sehr romantisch mit einem efeuumrahmten Balkon. Ich richtete mich ein.

Ausgerechnet eine Woche nach meinem Einzug in die Wohnung rief mich die deutsche Geschäftsführerin der Reiseagentur aus Alanya an. Ich hatte ihr meine Telefonnummer beim letzten Aufenthalt in den Briefkasten geworfen. „Wir sind an einer Einstellung interessiert, können Sie zu einem Vorstellungsgespräch kommen?", fragte sie mich.

Ich stimmte ohne zu zögern zu und antwortete: „Ja! Natürlich. Ich komme in einer Woche nach Alanya." Nach diesem Anruf schöpfte ich neue Hoffnung und meine Lebensgeister wurden wieder geweckt. Aufgewühlt rief ich gleich darauf Deniz an und erzählte ihm die frohe Botschaft. Auch er war glücklich. Doch diesmal kündigte ich meine Wohnung nicht. Ich packte einige Gebrauchsgegenstände und unersetzbare Andenken, an denen ich hing, mit in den Koffer. Die Aufbruchstimmung und Vorfreude erweckten in mir ein Hochgefühl.

Der große Augenblick war gekommen, der herbeigesehnte Tag war da! Beflügelt von der Aussicht auf ein womögliches Happy-End flog ich in die Türkei.

Der Chef von Deniz holte mich vom Flughafen ab. Als wir ankamen, stand er schon auf der Straße. Freudestrahlend begrüßten wir uns und trugen meine Koffer in die Wohnung.
Deniz hatte tatsächlich mit einem Musikerkollegen eine große Souterrain-Wohnung im Stadtteil Güllerpınarı gemietet und gebrauchte Möbel gekauft. Ich war beeindruckt. Ein Nachteil der Wohnung war, dass sie bei starkem Regenfall

überschwemmt werden konnte. Während des Abendessens erzählte ich ihm mit großmütterlichem Stolz, dass ich Oma geworden war. Er freute sich und gratulierte mir.

Am nächsten Morgen liefen wir zum Cuma Pazarı, dem Freitags-Basar beim Dolmuş-Bahnhof im Stadtteil Şekerhane Mahallesi. In der Nähe befand sich der Belediyesi Düğün Salonu, der Hochzeitssaal. Es herrschte geschäftiges Treiben auf dem Markt. Mannigfaltige Obst- und Gemüsesorten lagen auf den Ständen und es roch nach interessanten orientalischen Gewürzen, Tees und gut duftenden Seifen. Andere Händler boten Honig, Käse, Haushalts- und Souvenir-Artikel an. Auch wurden günstige Textilien zum Verkauf feilgeboten. Ich kaufte Babysachen, die ich nach München schicken wollte. Um die Preise feilschen lag mir nicht und es fällt mir bis heute schwer.
Verwundert sah ich Touristen nach, die in Strandkleidung über den Basar liefen. Ich bin nicht prüde und keine Spießerin, aber das fand ich pietätlos.
Zum ersten Mal sah ich bei der Dolmuş-Station eine Gruppe von Männern auf dem Gehsteig kniend das Freitagsgebet in Richtung Mekka beten.

Deniz spielte oft auf seinen Musikinstrumenten und schien immer in Gedanken weit weg zu sein. Er blickte dabei nachdenklich ins Leere.

Nach zwei Tagen machte ich einen Termin bei der Reiseagentur aus. Am Morgen des vereinbarten Tages ging ich guter Dinge dorthin und sprach vor. Die deutsche Geschäftsführerin, glücklich verheiratet mit einem türkischen Geschäftsmann, begrüßte mich und teilte dem Chef meine Anwesenheit mit. Dann kam er, er wirkte dominant und fragte mich herausfordernd: „Wollen Sie nur mal so schnell aussteigen?"
„Nein, ich möchte hier dauerhaft leben", entgegnete ich leicht ärgerlich.
Dies war ja auch der Fall. „Es ist also noch gar nicht sicher, dass sie mich haben wollen und ich war aufgrund des Telefonates extra in die Türkei geflogen. Die Geschäftsführerin hatte mich doch schon einmal in ihrem Büro vor mehreren Wochen kennen gelernt", grübelte ich vor mich hin. Großes Unbehagen beschlich mich und ich versuchte meine Unsicherheit zu verbergen. Nach einigem Hin und Her stand der Chef kommentarlos auf und ließ mich einfach im Zimmer sitzen. Innerlich angespannt saß ich auf dem Stuhl und hörte ihn im Nebenzimmer mit der Geschäftsführerin leise sprechen. Ich versuchte einige Worte zu erhaschen, verstand

aber nichts. Ein Leben in Alanya hing nun davon ab, ob ich die Stellung bekam. Es verging eine Weile, dann kam sie und teilte mir mit: „Sie bekommen die Stelle." Mir fiel ein Stein vom Herzen. Erleichtert stand ich auf und verabschiedete mich. Freudig erzählte ich Deniz, dass ich in der Reiseagentur eine Woche später anfangen könne, zu arbeiten.

Der Hochsommer war vorbei, aber es war immer noch sehr heiß. Die nächsten Tage genossen wir am Keykubat-Strand östlich der Halbinsel und verbrachten noch einige unbeschwerte Tage.

Am Abend vor meinem Arbeitsbeginn saßen Deniz, sein Sohn und ich im Aile Çay Bahçe´si. Als er wiederholt von einer bulgarischen Frau erzählte, wurde ich stutzig und fragte ihn erschrocken: „Bist du mit dieser Frau verheiratet?"
Er senkte den Blick und nickte mit dem Kopf: „Ja und ich habe ein Kind mir ihr. Sie leben in Bulgarien." Ich erschrak und starrte ihn fassungslos an. Mir wurde schwindelig wie kurz vor einem Ohnmachtsanfall und ich musste mich am Tisch festhalten, ansonsten wäre ich vom Stuhl gefallen. Ich war schockiert und erst einmal sprachlos. Ausgerechnet einen Tag vor meinem Arbeitsbeginn erfuhr ich dies von ihm.

Auf dem Weg nach Hause fragte ich ihn anklagend: „Warum hast du mir das nicht schon früher gesagt?!"
„Ich wollte es dir nicht sagen, denn sonst wärst du nicht nach Alanya gekommen." Ich stimmte ihm zu. Jetzt verstand ich auch, warum er immer sagte: „What I do?" „Wahrscheinlich ist er immer noch wegen seiner Frau unschlüssig und sucht nach Lösungen für die Zukunft", schoss es mir durch den Kopf. Einmal hatte er mir erzählt, er wolle in zwei Jahren nach Bulgarien, doch das wollte ich damals nicht wahrhaben und ignorierte es. „Also, so wie üblich in meinem Leben ist eine Katastrophe wieder vorprogrammiert. Warum sollte bei mir auch einmal alles gut verlaufen?", grübelte ich vor mich hin. Völlig verstört lief ich Deniz durch die lärmenden Straßen hinterher. Die Menschen flanierten auf den Straßen. Das laute Gelächter aus den Lokalen der Touristen nahm ich nur halb wahr. Reisegruppen stiegen aus den Ausflugsbussen und aus den Lokalen ertönte Musik. Ich versuchte die Fassung wiederzugewinnen und suchte mir noch am gleichen Abend ein Zimmer in einer Pension. Dort versuchte ich meine Gedanken zu ordnen, das mir aber nicht gelang. Ganz im Gegenteil, ich wurde noch unruhiger. Trotzdem versuchte ich mich innerlich auf den ersten Arbeitstag einzustellen.

Als ich am nächsten Morgen zur Reiseagentur lief, sah ich Deniz vor dem Haus stehen. Wir setzten uns in ein Lokal neben einer Schule. Die Schulkinder sangen im Hof vor dem Unterricht die Nationalhymne. Er wurde auch noch unverschämt: „Ich möchte keinen Stress und wahrscheinlich werde ich wieder mit meiner ersten Frau zusammenkommen", sagte er zu mir. „Ich möchte nie wieder eine deutsche Freundin. Das war das erste und das letzte Mal", setzte er hinzu. Mir fuhr der Schreck in die Glieder. Das Ganze war eine alptraumhafte Szene. So schnell wollte ich mich jedoch nicht abservieren lassen. „Wie hatte ich mich so in diesen Mann täuschen können und warum war er kurz vor meinem Arbeitsbeginn überhaupt hierher gekommen?", überlegte ich. Ich drängte mich ihm auch noch auf, denn ich wollte immer noch mit ihm zusammen sein.

Nervlich angeschlagen trat ich an diesem Tag die Arbeit bei der Reiseagentur an. An dem deprimierenden Morgen kostete es mich viel Energie, meine innere Anspannung in der Reiseagentur zu verbergen.

Eine eigene Wohnung konnte ich mir nicht leisten und ebenso die Pensionskosten nicht. So zog ich nach vier Tagen dann doch wieder zu Deniz. Aber alles war überschattet davon, weil Deniz verheiratet war.

Der Chef der Reiseagentur war herrisch und schnell aufbrausend, er gebärdete sich als Tyrann. Das Personal hatte Angst vor ihm. Sobald sie seine Schritte auf dem Gang hörten, zuckten sie zusammen und bei seinem Eintreten in die Büroräume nahmen sie eine andere Sitzhaltung ein. Nach einiger Zeit ging es mir ebenso.

Anfänglich traf ich mich in den Mittagspausen mit Deniz in dem kleinen Çayevi Lokalı, zwanzig Sekunden von meiner Arbeitsstelle entfernt. Der mir sonst sympathische Wirt, mit dem ich mich normalerweise verstand, zeigte mir einmal grinsend den Hitlergruß. Zorn stieg in mir empor, ich schüttelte mit dem Kopf und erklärte ihm erbost: „Mit Hitler habe ich nichts zu tun."

Jahrzehntelang wollte ich am Meer wohnen, aber auf dem Hin- und Heimweg von der Arbeit nahm ich es gar nicht mehr war, weil ich so mit meinen Gedanken in die private und berufliche Situation vertieft war.

Darüber hinaus fühlte ich mich weder als Touristin noch als Bewohnerin der Stadt Alanya.

Als wir nach Arbeitsschluss in einem Gartenlokal saßen, brach ich wegen der ganzen Situation in Tränen aus. Deniz wollte nun seine Ehefrau um Scheidung bitten. Er schrieb ihr, er wolle sich scheiden lassen, aber sie reagierte nicht auf seinen Brief. Er hatte den Brief weggeschickt, denn ich war selber dabei gewesen, als er ihn in der Post aufgab.

Am Monatsende wartete ich auf meine Gehaltsauszahlung. Doch Schreck, mein Kollege sagte mir: „Es ist normal, dass du einen Monat umsonst gearbeitet hast, dies ist ein Geschenk für den Chef und so üblich in der Türkei."
„Das kann doch nicht möglich sein", entgegnete ich vollkommen verständnislos. Ich konnte es nicht glauben. Völlig aus dem Häuschen machte ich im Büro Theater und sagte hitzig: „Wo gibt es denn so etwas, ich bin auf das Geld angewiesen und brauche es dringend!" Prompt wurde mir vom Buchhalter mein Gehalt ausbezahlt.
Später erfuhr ich von Einheimischen, dass es in der Türkei nicht üblich ist, im ersten Monat umsonst für den Chef zu arbeiten beziehungsweise dem Chef auf diese Art und Weise ein Geschenk zu machen.
In der Mittagspause wartete Deniz auf der Straße auf mich. Er benötigte Geld und ich gab ihm die Hälfte meines Gehaltes.

Nach der vierwöchigen Probezeit sagte die Geschäftsführerin zu mir: „Sie haben eine rasche Auffassungsgabe und sind für diese Stelle geeignet." Es gab einen Arbeitsplatz für Ausländer, den sie für mich bekommen wollte. Doch nach einiger Zeit war von Arbeitsgenehmigung keine Rede mehr, denn der Chef wollte ihn angeblich für sich selber in Anspruch nehmen.

Ich sagte: „Im Moment können wir nicht heiraten, denn mein Freund ist noch nicht geschieden."

„Warten Sie, vielleicht wendet sich doch noch alles zum Besten", versuchte sie mich zu beruhigen.

Aber eine Arbeitsgenehmigung zu erhalten, war nur möglich, wenn ausländische Frauen mit einem türkischen Mann verheiratet sind, so hatte ich es verstanden. Doch ich gab nicht kampflos auf. Mit einem Kollegen nahm ich mir vor, intensiv Englisch zu lernen, denn es war möglich, später durch die Firma als Touristenführerin tätig zu sein.

Die Geschäftsführerin wies mich in die nächsten Arbeitsschritte ein, die ich in ihrer Abwesenheit ausführen sollte, da sie im Dezember nach Deutschland fliegen wollte. Bezüglich der Arbeitsgenehmigung ließ sie mich im Ungewissen.

Auf den Straßen war nun ein quirliges Gemisch von Einheimischen, fröhlichen deutschen und skandinavischen Touristen unterwegs. Die Zahl der russischen Touristen stieg erst ein paar Jahre später an. Ich setzte mich auf eine Bank an der Strandpromenade am Keykubat-Strand und ließ meinen Blick über das Meer schweifen. „Wie gerne würde ich einmal mit dem Schiff nach Zypern fahren oder mit dem Bus nach Syrien. Aber das ist nicht so wichtig, wichtig ist für mich ein einigermaßen gesichertes Leben", ließ ich meine Gedanken schweifen.

Nach Geschäftsschluss lief ich abends oft hungrig nach Hause. Essensgerüche drangen aus den Lokalen in meine Nase; die Touristen saßen vor ausgiebigen Menüs, lachten und genossen das südliche Flair. Plötzlich wünschte ich mir, dass meine Mutter hier wäre, die mich sofort in ein Lokal zu einem ausgedehnten Essen einladen würde.

Deniz fing an, mich zu kritisieren. Einmal, weil ich auf der Straße aus einer Wasserflasche trank und ein anderes Mal passte es ihm nicht, weil ich einen zu großen Brotbrocken in die Linsensuppe tunkte.

Eines Abends, als ich nach Hause kam, stand schmutziges Geschirr im Spülbecken und es war auch nichts zum Essen da. Ich selber hatte kein Geld mehr in der Tasche. Sein Sohn und ich warteten mit knurrenden Mägen auf Deniz. Als er endlich nach Hause kam und nicht mal ein Ekmek mitbrachte, machte ich ihm heftige Vorwürfe. Er aber drehte den Spieß noch um und sagte zu mir: „Du bist faul!" Das war der Höhepunkt!
„Ich bin tagsüber neun Stunden in der Reiseagentur und jetzt bin ich auch noch faul. Und warum hilft dein Sohn nicht im Haushalt?", fragte ich ihn vorwurfsvoll. Seinen sechzehnjährigen Sohn, den er sonst ständig wegen seiner Untätigkeit kritisierte, nahm er jetzt in Schutz. „Mein Sohn ist schließlich noch ein Kind", meinte er auf einmal. Das verschlug mir den Atem. Ich wusste schon seit langem, Deniz war kein Macho, sondern einfach nur ein Quertreiber. Er machte mich verrückt und ich dachte mir, dass seine erste Frau bestimmt während der Ehe durch sein Verhalten krank geworden war. Vielleicht war er der Auslöser für ihre Krankheit gewesen. Ich wusste auch von seinen Eskapaden mit anderen Frauen während seiner Ehe. Ich hatte ihn schon einmal auf sein Verhalten während seiner Ehe ange-

sprochen und angedeutet, dass es einen Zusammenhang mit seinem Verhalten und der Krankheit seiner Frau geben könne. Damals wollte er sogar darüber nachdenken.

Im Salon sprach er abends stundenlang mit seinem Kollegen, ins Gespräch bezog er mich überhaupt nicht mehr mit ein. Ich litt. So zog ich mich in den nächsten Wochen in das Schlafzimmer zurück und las, aber das war ihm auch nicht recht. „Was machst du hier?", bemerkte er dann immer kopfschüttelnd, wenn er ins Schlafzimmer hereinschaute. Ich flüchtete wieder in eine Pension.
Abenteuer und Neuanfang hin oder her, das waren nur noch negative Ereignisse. Eine andere Frau hätte spätestens jetzt das Handtuch geworfen, doch ich wollte unbedingt in Alanya bleiben. Eine eigene Wohnung in Alanya konnte ich mir jedoch von dem Monatsgehalt von 300 Euro und als Deutsche nicht leisten. Außerdem musste ich alle drei Monate ausreisen, wozu mir das Geld ebenso fehlte.

Frühmorgens ging ich zu Deniz und bat ihn, bei der Reiseagentur anzurufen und nach meiner Arbeitsgenehmigung zu fragen. Er rief an und fragte diesbezüglich, doch sie legten ohne Kommentar feige auf. „Eine Arbeitsgenehmigung bekomme ich dort ohnehin nicht und an eine Heirat mit Deniz ist nicht zu denken. Also müsste ich alle drei Monate ausreisen", bedachte ich. Ich ging nicht mehr zur Arbeit und harrte erst einmal der Dinge.

Als Deniz wieder mit seiner Folklore-Gruppe unterwegs war, erzählte er mir in der Pause mit träumerischem Gesichtsausdruck von Bulgarien. „Es war dort alles so schön – das Dorf, der Garten und das Haus", sagte er wehmütig. Das ärgerte mich sehr. „Er trauert noch seiner Frau nach", dachte ich und kam mir wie eine Randfigur vor.

Obwohl es zwischen uns schon lange nicht mehr passte, lud mich Deniz am Abend in ein gemütliches Restaurant mit Fischgerichten in die Altstadt über dem Hafen ein.

Deniz war mit den Musikern unterwegs, als ich ein lautes Pochen an der Wohnungstür vernahm. Ich öffnete und zwei Polizisten verlangten meinen Ausweis. Ich zeigte ihnen meinen Reisepass. Nachdem sie sich versichert hatten, dass alles in Ordnung war, wiesen sie einen neugierigen Nachbarn mit scharfen Worten zurecht. Wie ich anschließend erfuhr, hatte mich dieser Nachbar bei der Polizei angeschwärzt. Deniz und ich vermuteten, er dachte, ich betreibe Prostitution in der Wohnung.

Nach ein paar Tagen sagte Deniz: „Du musst wieder in der Reiseagentur arbeiten, denn ich brauche dieses Geld." Nach diesem Satz war ich wie vor den Kopf gestoßen, doch ich war unfähig einen Schlussstrich zu ziehen.

Die Sommermonate waren vorbei. Am Kleopatra-Strand lernte ich Marion kennen. Sie wohnte am Rande von Alanya in einer Eigentumswohnung. Wir waren uns auf Anhieb sympathisch. „Es würde mir gefallen, wenn du hier wohnen würdest", äußerte sie sich. Ich erzählte ihr von den Problemen mit Deniz. „Es gibt hier auch viele nette Männer", sagte sie. Wir tranken im Garten des Wettbüros, in dem nur Männer saßen, Kaffee. Wir freundeten uns an und hielten Kontakt. Unsere Verbindung hielt noch längere Zeit und sie erlebte mit mir noch viele Katastrophen.

Am Abend zeigte mir Marion ein deutsches Lokal im Viertel Damlataş. Die deutsche Küche bot auf der Speisekarte Bratwürste, Schnitzel, Curry-Wurst und andere Gerichte an. Auch spielte man deutsche Schlager.

Nachdem ich Deniz von dem Besuch im Wettbüro erzählte, meinte er tadelnd: „Wie könnt ihr nur so dumm sein und dort, wo sich nur Männer aufhalten, Kaffee trinken! Deine Freundin müsste es besser wissen."

Meiner Verwandtschaft und meinen Freunden in München wollte ich diesen Misserfolg nicht erzählen und ließ daher auch nichts mehr von mir hören.

Mittlerweile war es Spätherbst und bald Saisonende. Die Temperaturen gingen zurück und es kam oft zu starken Regenfällen. Manchmal schien die Stadt wie ausgestorben, aber auch zu dieser Jahreszeit gefiel es mir in Alanya. Um diese Zeit waren kaum Touristen auf der Straße zu sehen und manch Einheimischer sah mich neugierig an.

Ich wollte in Alanya bleiben und schrieb wieder einen Brief an die Reiseagentur, doch sie meldeten sich nie mehr bei mir. Als ich diesen ganzen Zustand nicht mehr aushielt, nahm ich im Schlafzimmer viele Beruhigungstabletten zu mir, denn ich wollte nur noch Ruhe haben. Als ich am nächsten Morgen wieder zu mir kam, trug ich andere Anziehsachen und wusste nicht mehr, was geschehen war. Deniz musste mir andere Kleidung angezogen haben. Ich hatte mindestens vierundzwanzig Stunden geschlafen. An diesem Morgen dachte ich: „Jetzt oder nie!" Ich riss mich zusammen, sprang schnell in meine Kleidung und packte bestimmte Gegenstände aus Deutschland, an denen ich besonders hing, wieder in meinen Koffer. Ich fühlte mich elend und taumelte noch benommen auf die Straße. Den fliegenden Händler mit seinen guten Halka Tatlısı, den leckeren Süßigkeiten, nahm ich nur halb war. Ich schaffte es, meine schweren Koffer auf die Straße zu tragen und ein Taxi zu bestellen, mit dem ich in das nächste Reisebüro fuhr. Glücklicherweise ging noch am selben Tag ein Flug nach Deutschland. Im Bus zum Flughafen drehte ich mich noch einmal um und warf einen letzten Blick auf die Burg von Alanya.

Auf dem Rückflug tranken einige Fluggäste Whiskey und als sie bemerkten, dass es mir nicht gut ging, gaben sie mir ein großes Glas zu trinken. Über dem Münchner Flughafen brach ich in Tränen aus und war froh, als das Flugzeug landete.

In München saß ich teilnahmslos und mit trüber Stimmung in meiner kalten Wohnung und war unfähig meinen Koffer auszupacken. Das alles war für mich nicht zu begreifen.
Doch in München gefiel es mir gar nicht mehr.

Dort empfand ich mein Leben trotz der Erlebnisse mit Deniz sinnlos und leer. In der Stadt, in der ich aufgewachsen war, kam ich mir wie eine Fremde vor. Ich wurde unruhig, ich wollte wieder in die Türkei, nicht unbedingt wegen Deniz, sondern wegen Alanya. In Deutschland empfand ich das Leben wie abgestandenes Wasser. Mein Lieblingsthema war Alanya. Alanya, Alanya, Alanya – jedes zehnte Wort von mir war Alanya, sodass meine Freunde und Verwandte es bald nicht mehr hören konnten. Ich vermisste das Meer, die Berge, die türkische Lebensart, die mediterrane Pflanzenwelt und das leise Rauschen der silbrigen Blätter der Olivenbäume. Die Türkei war wie eine Droge für mich geworden. Ich hatte wieder das unbezwingliche Verlangen, dort zu sein. In Verbindung mit gewissen Eindrücken hatte ich oft für kurze Augenblicke das Gefühl, in Alanya zu sein. Ein Geräusch oder ein Geruch versetzte mich wieder in bestimmte Situationen, so als ob ich mich in Alanya befinden würde.

Ich meldete mich natürlich nicht mehr bei Deniz. Nach einer Woche ließ er es ein Mal auf dem Handy klingeln, doch ich rief nicht zurück. Ich wurde nervös und fragte mich, was das zu bedeuten hat. Unruhe kam über mich und ich verspürte den Drang sofort nach Alanya zu fliegen. Er schrieb: „Bitte komm!" Daraufhin fragte ich ihn: „Wann lässt du dich scheiden?" Doch darauf antwortete er nicht. Er schien mich zu vermissen und ich hatte immer noch nicht mit ihm abgeschlossen. Kurz darauf flog ich, ich weiß nicht zum wievielten Mal, nach Antalya und wieder zu Deniz. Ich konnte nicht anders, denn ich sah immer noch alles durch die rosarote Brille. Meine Leute in Deutschland schüttelten nur noch mit dem Kopf, aber sie hielten trotzdem zu mir.

Der Flughafen war mittlerweile schon zu meiner dritten Heimat geworden. Diesmal war ich nachts in Antalya angekommen und Deniz holte mich nicht vom Flughafen ab. Da er von sich aus nicht gesagt hatte, er würde mich abholen, wollte ich ihn auch nicht fragen.
Nachts fuhr kein Bus mehr nach Alanya und sechs Stunden am Flughafen wollte ich nicht warten. So stellte ich mich mit meinem Koffer, leichtsinnig wie ich manchmal bin, in der Dunkelheit auf die Schnellstraße vor die Brücke und hoffte auf ein Weiterkommen nach Alanya. Es war finster und es fuhren selten Autos vorbei. Plötzlich beschlich mich ein unheimliches Gefühl und ich verspürte richtige Angst. Nach einer halben Stunde hielt ein Kleinbus für Touristen und die Tür wurde geöffnet. Der Fahrer sprach Türkisch und machte mir zu verstehen, er fahre Richtung Alanya, müsse aber Zwischenstopp in

seinem Haus, in dem auch seine Mutter lebt, machen. Ohne zu überlegen, stieg ich zu ihm ein, aber wohl war mir nicht dabei. Eine Stunde später hielten wir vor dem Haus, in dem er mit seiner Mutter wohnte. Die Mutter war äußerst nett. Das Haus war sehr ärmlich eingerichtet, ein Teil der Decke war eingefallen und mit Pappkartons verhangen. Sie fragten mich: „Was hast du für einen Freund, der dich nicht mal vom Flughafen abholt?" Ich verstand zu der Zeit schon gut Türkisch und nickte nur müde. Beide bemerkten meine Unsicherheit und die freundliche Mutter sagte zu mir: „Korkma, korkma! Hab keine Angst!" Sie zeigten mir ein Bett und ich legte mich hin. Neben dem Haus befand sich ein Fluss und vom Quaken der Frösche und Zirpen der Grillen schlief ich endlich ein. Bei der Mutter bedankte ich mich am nächsten Morgen für die außergewöhnliche Gastfreundschaft und der Sohn ließ mich auf der Straße Richtung Alanya aussteigen.

Endlich in Alanya angekommen, schleppte ich meinen Koffer in der noch hochsommerlichen Mittagshitze vom Otogar zu Deniz' Wohnung. Der Schweiß floss mir in Strömen herunter. Es war noch Hochsaison und die Atatürk-Straße war voller Touristen. Einer alten, sehr gebeugten Frau, die zwei Geschäftsmänner anbettelte, gab ich zwei Euro. Die Leute tranken in den Lokalen eisgekühlte Getränke und ich bekam rasenden Durst, doch schnell lief ich in Richtung Güllerpınarı. Ich schlängelte mich durch Großinvasionen von Touristen und bog in die Seitenstraße ein, die zu der Wohnung führte. Völlig erschöpft kam ich in seiner Wohnung an. Er begrüßte mich freudig, doch etwas an seinem Verhalten war anders, es war unecht. Sein Mitbewohner war nach einem Streit ausgezogen und seinen Sohn hatte er zu seiner Mutter nach Izmir geschickt, da Alanya ihm nicht gut tun würde. Die Souterrain-Wohnung war von heftigen Regenfällen überschwemmt worden und die wichtigsten Sachen standen auf den Möbeln, sodass sie nicht verschimmeln konnten.

Nach ein paar Stunden sagte er zu mir: „Die Wohnung hier muss ich in nächster Zeit aufgeben und die Möbel verkaufen, da die Saison bald beendet ist. Die Aufträge in den Hotels sind jetzt schon rar und wir haben im Moment nur noch wenige Auftritte." Das verstand ich, aber warum wollte er, dass ich nach Alanya komme? Und ich hatte mich immer noch in der Illusion gewogen, es könnte einen Neuanfang geben. Dieses Spiel gefiel mir nicht, aber ich hoffte immer noch auf ein gutes Ende. Über die Scheidung von seiner Frau sprach er gar nicht

mehr.
Am Abend schwärmte er mir, wie schon so oft vorher, von russischen Frauen vor, die einen schönen, hellen Teint hätten.

Doch ich verfolgte weiterhin mein Ziel in Alanya Arbeit zu finden. Ich gab ein Inserat auf und studierte die Zeitungen. Deniz erklärte mir nur widerstrebend die Inserate und war ungehalten beim Aufgeben eines Stellengesuchs. Die Anrufe, die kamen, waren zweideutig, so wie ich es auch schon in Deutschland erlebt hatte.

Deniz saß meistens einsilbig auf der Couch und spielte auf seinen Musikinstrumenten. Er begleitete mich nicht zu Öger-Tour, auf halber Strecke drehte er um und so suchte ich die Reisegesellschaft alleine auf und füllte dort ein Formular aus. Ein Mitarbeiter fragte mich, ob ich mit einem türkischen Mann verheiratet bin, dadurch wäre meine Aussicht auf Arbeit besser. Entmutigt lief ich wieder in die Wohnung zurück. Dort sagte Deniz zu mir: „Nur Verrückte wollen in der Türkei arbeiten."
Er wurde immer abweisender und am letzten Tag vor meinem Abflug saß er stundenlang wortkarg vor dem Fernseher.
Ich wusste, mein Traum in Alanya zu leben, war unter all den Umständen und mit diesem Mann nicht möglich.

Am Tag meiner Abreise unterwegs zum Otogar, las ich in einem Laden: Mitarbeiterin gesucht. „Vielleicht wäre dies eine passende Arbeit für mich", sagte ich zu Deniz. Doch er reagierte nicht und lief mit meinem Koffer einfach weiter. Am Otogar wartete Marion und übergab mir ein Abschiedsgeschenk. Im Bus blickte ich schwermütig aus dem Fenster und beneidete Marion, die in Alanya leben konnte.

In Deutschland hatte ich oft unnötige und unsinnige Dinge für mich und die Wohnung gekauft. Durch meine Türkeiaufenthalte merkte ich, dass dies alles nicht lebensnotwendig war. Die Läden in München konnten mich auf einmal nicht mehr zum Kaufen verlocken. Durch die Erfahrung in Alanya war mir bewusst geworden, dass allein Essen, Trinken, Kleidung und eine Wohnung wichtig waren, vieles war nicht lebensnotwendig oder überflüssig.

Nach einem knappen Jahr, für mich ein unendlich langes Jahr, flog ich mit gemischten Gefühlen und trotz aussichtsloser Situation wieder zu Deniz, denn er wollte mich sehen. Er wohnte jetzt bei zwei jungen Männern, die auch in der Volkstanzgruppe auftraten. Wie alle seine Musikerkollegen hatten die beiden Männer noch zusätzlich eine Hauptarbeit, Deniz jedoch immer noch nicht. An eine Verwirklichung mit Deniz in Alanya leben zu können, war jetzt endgültig nicht mehr zu denken. Seine Situation war unverändert.

Es war eine kleine 2-Zimmer-Wohnung, die wir zu viert teilten und ich fühlte mich wieder unwohl. Schon am ersten Abend meiner Ankunft klingelte bei Deniz mehrmals sein Handy. Er verschwand im Schlafzimmer und ich hörte ihn auf Englisch sagen: „I am well." Ich wunderte mich über das Telefongespräch, welches er hinter der Schlafzimmertür führte. Ich wurde hellhörig und mich durchfuhr sofort der Verdacht, dass er mit einer Frau telefoniert und fragte seine Kollegen: „Mit wem spricht Deniz?" Sie erklärten mir, es gebe keinen Grund, sich aufzuregen. Dann kam er mit leicht grinsendem Gesicht aus dem Schlafzimmer. Ich stellte ihn vor seinen Wohnungsgenossen zur Rede. Die mir sympathischen Mitbewohner winkten ab und Deniz gab mir keine Antwort. Aber ich blieb misstrauisch und sagte hitzig: „Aptal değilim."

Am zweiten Tag erzählte mir Deniz von seiner bulgarischen Frau und seinem Kind. Er hatte bis vor kurzem ständig mit ihr telefoniert, doch jetzt wollte sie keinen Kontakt mehr zu ihm. „Ich möchte sie und mein Kind in Bulgarien besuchen und Geschenke mitbringen, allerdings habe ich kein Geld dafür", meinte er. Ich versuchte meine Verblüffung zu verbergen und hörte mir alles ruhig an, denn ich wollte mir keine Blöße vor ihm geben. „Warum erzählt er mir, er will seine Frau und das Kind in Bulgarien besuchen, er wollte doch, dass ich ihn besuche", dachte ich. Ich traute meinen Ohren nicht. Normalerweise hätte ich endgültig gehen sollen, aber ich wollte ihn noch nicht aufgeben und war nicht mehr verantwortlich für das, was ich tat.

Am Strand lernte ich einen deutschen Mann kennen, der mit einer Bekannten am nächsten Tag mit dem Bus nach Antalya fahren wollte. Er bot mir an, mitzukommen. Wir übernachteten in Ursula's Wohnung in der Altstadt von Antalya. Ihr gefiel Antalya besser als Alanya, bei mir war es umgekehrt.

Am nächsten Tag fuhren wir zurück und ich war froh, wieder in Alanya zu sein.

Mittlerweile war es Weihnachten; es war ungewöhnlich warm, die Temperatur lag bei 21 Grad. Am 22.12. legten wir uns an den Strand, allerdings mit Kleidung.

In den nächsten Tagen war Deniz ständig unterwegs. Er war vollkommen desinteressiert an meinem Tagesablauf und bezog mich in seine Aktivitäten nicht mit ein.

Aus Langeweile, aber mehr aus einer Ahnung heraus, kramte ich neugierig im Wohnzimmerschrank herum und prompt fiel mein Blick auf einen Brief in Englisch geschrieben und an Deniz gerichtet in meine Hände. Der Brief kam aus der Slowakei und meine Augen wurden während des Lesens immer größer. Aus dem Schreiben der Verfasserin ging hervor, dass sie Deniz gut kannte. Sie fragte nach seiner Krankheit. Auch sie wusste also von seiner Krankheitsgeschichte und der bevorstehenden Operation. „Diese Frau musste etwas mit dem Telefonat zu tun haben, als Deniz am ersten Tag in das Hinterzimmer gegangen war", reimte ich mir zusammen. Bestürzt las ich den Brief zu Ende. Der Brief entpuppte sich als heißen Liebesbrief. Sie schrieb: „Ich liebe dich!" Das ging weit über meine Schmerzgrenze. Meine unklare Ahnung bestätigte sich und ich zündete mir mit zitternden Fingern eine Zigarette an. Innerhalb eines Jahres war es normal, wenn er Kontakt zu anderen Frauen haben wollte, aber trotzdem war ich bestürzt. „Warum hatte er gewollt, dass ich wieder komme?", fragte ich mich erneut. Völlig aufgelöst und mit zitternden Knien packte ich in Windeseile meinen Koffer.

Vor lauter Wut nahm ich auch noch ein paar kleinere Musikinstrumente mit. Aufgewühlt bestellte ich mir im Laden ein Taxi und fuhr mit meinem Koffer in das Hotel, das in der Altstadt oberhalb des Hafens lag, in dem die Schwester von Ursula wohnte. Ursula war nicht da.
Um mir die Zeit zu vertreiben, lief ich zur Hafenpromenade und beobachtete die Leute beim Ein- und Aussteigen der Ausflugsboote. Dann lief ich an der Discomeile vorbei und setzte mich in den Belediye Çay Bahçe'si. Touristen flanierten entlang an der Hafenpromenade und einige ließen sich zu einem Bootsausflug überreden.
Nach drei Stunden ging ich zurück in die Hotelhalle und fand Ursula vor. Ich erzählte in schnellen Zügen, was ich bei Deniz entdeckt hatte und sie bot mir sofort an, bei ihr zu wohnen. Sie wohnte jetzt in einem Apart Otel, das zwischen dem Tourismus-Informationsbüro und dem Kinderspielplatz in der Nähe des Kleopatra-Strandes lag. Dort blieb ich nur zwei Tage, denn der strenge Vater, der die Miete bezahlte, nörgelte ständig, weil ich bei seiner Tochter wohnte. Dies hatte ich nicht nötig! Ich versuchte Marion telefonisch zu erreichen, doch erfolglos. Kurzerhand ging ich zu Tuncay, dem Chef des Friseursalons, in dem die Tanzgruppe damals geprobt hatte. Tuncay meinte: „Vielleicht ist Marion in Deutschland, aber du kannst

bei mir wohnen, ich nehme öfter Leute auf." Ich stimmte sofort zu. Ursula wollte nicht alleine sein und bat mich zu bleiben, doch ich packte meinen Koffer und ging zu Tuncay ins Stadtzentrum. Bei Tuncay bekam ich ein Zimmer zugewiesen. Die Wohnung bestand aus fünf Zimmern und einer großen Terrasse.

Als ich nach zwei Tagen die Atatürk-Straße überquerte, kam mir Deniz entgegen. Seine einzige Reaktion war ein Kopfschütteln.

Tuncay machte mich in seiner Wohnung mit Susanne bekannt. Sie hatte während des Urlaubes in Alanya einen Mann kennen gelernt und war gar nicht mehr heimgeflogen, sondern sofort zu ihm und seiner Mutter gezogen.

Nach zwei Wochen flog ich wieder nach München.

Während eines Besuches bei meiner Mutter, erzählte sie mir: „Nachts hat mich anonym ein Mann angerufen und auf gebrochen Englisch gesagt: „When Lucy comes to Alanya, then I kill her. Falls Lucy nach Alanya kommt und ich sie sehe, bringe ich sie um." Als meine Mutter mir das erzählte, musste ich lauthals auflachen, denn ich hatte keine Angst vor Deniz. Ich wusste genau, er wollte nicht, dass man mich in

Alanya ohne ihn oder vielleicht mit einem anderen Mann sah. Dies würde für Gesprächsstoff sorgen und sich in Alanya wie Lauffeuer verbreiten. Denn würden mich seine Freunde allein oder mit einem anderen Mann sehen, wäre das für ihn eine Bloßstellung. Ich wusste, es ging ihm nicht um mich, sondern nur darum, was seine Bekannten von ihm denken würden.

Wieder bei Tuncay angekommen, bekam ich dasselbe Zimmer zugewiesen. Am nächsten Morgen war im Friseursalon Mafia zu Besuch, die mich jedoch keineswegs beeindruckte.

An einem kühlen Abend ging ich in der Altstadt am Fuße des Burghügels spazieren. Auf einmal sah ich Deniz und auch er bemerkte mich. Ich drehte mich sofort auf die Seite, bog in eine Seitengasse ein und ging mit schnellen Schritten weiter, nicht aus Angst, sondern weil ich keinen Kontakt wollte.
Die Abenddämmerung setzte ein und ich befand mich kurz vor Tuncay's Wohnung. Der Muezzin rief gerade zum Gebet auf.
Auf der halbdunklen, leeren Gasse vernahm ich plötzlich Schritte hinter mir und als ich mich umdrehte, sah ich im Dämmerlicht, dass Deniz mich verfolgte. Ich blieb stehen und fragte ihn: „Was soll das, warum läufst du mir nach?" Wortlos nahm er meine Hand und mit ge-

mischten Gefühlen ließ ich mich von ihm zum Kleopatra-Strand führen. Er blickte mir in die Augen und sagte: „Du liebst mich trotz alledem." Ich fragte mich, woher er das wusste. Ich konnte nichts darauf erwidern und wir setzten uns am Kleopatra-Strand auf eine Steinbank. Es wehte ein kühler Wind und ich blickte unruhig auf das offene Meer. Er wollte mit mir in das Musikbüro gehen, denn er wohnte nicht mehr bei den beiden Kollegen. Dort wollte er mit mir nur ein paar Stunden verbringen, doch für ein kurzes Stelldichein war ich mir zu schade, immerhin hatte ich mit ihm zusammengewohnt. Ich fühlte mich gedemütigt und bestand wie ein dummes Kind darauf, dort zu wohnen. Obwohl er es nicht wollte, weil dort nicht genügend Schlafplatz und es zu kalt war, drängte ich mich ohne Stolz auf und blieb dort. Mein Verstand war ausgeschaltet, da ich immer noch an eine Zukunft mit ihm zusammen glaubte. Ich konnte von Deniz nicht loskommen. Im Musikbüro in Şekerhane war es tatsächlich extrem kalt und wir quetschten uns zum Schlafen auf die enge Couch.

Am nächsten Tag holte ich meinen Koffer aus Tuncay's Wohnung und schwindelte ihm vor, dass ich nach Deutschland zurückfliegen müsse.

Deniz erklärte am nächsten Tag seinem Freund Volkan unsere Wohnsituation und fragte ihn, ob wir bis zu meinem Abflug bei ihm in der Wohnung in Çarşı Mahalle bleiben könnten. Volkan willigte ein. Es war nicht seine eigene Wohnung, sie gehörte einer schwedischen Geschäftsfrau. Er wohnte dort in einem Zimmer und kümmerte sich um alles. Volkan verdiente sein Geld als Verkäufer im Stadtzentrum. Ich fühlte mich auch dort nicht wohl, denn ich merkte ganz schnell, dass ihm unsere Anwesenheit nicht so recht passte. Die Wohnung war eiskalt und obwohl sich genügend Holz auf dem Balkon befand, machte er keine Anstalten den Ofen anzuheizen. Leider kam ich nicht auf die Idee, ihm Geld für das Holz zu geben.

Am vorletzten Abend ließ mich Deniz mit Volkan in der Wohnung zurück und sagte: „Ich gehe für zwei Stunden in die Stadt, um mein Glück beim Kartenspielen zu versuchen – dies ist meine letzte Chance." Ich wartete und wartete mit Volkan in der eiskalten Wohnung. Nach drei Stunden zusammen mit Volkan in der bitterkalten Wohnung hielt ich es nicht mehr aus und ging wutbebend in das Lokanta ums Eck. Dort hielt ich mich mit Blick auf die Haustür zwei Stunden auf. Ich trank zwei Efes-Bira und nahm mir noch eine Flasche in die Wohnung mit. Mein Zorn steigerte sich immer mehr. Nach weiteren drei Stunden erschien Deniz und sagte grin-

send: „Was ist denn? Ich bin doch jetzt da!"
Ich verlor die Beherrschung und schrie: „Es ist genug!" Volkan warf uns nachts aus der Wohnung und wir suchten eine Pension in der Nähe des Otogar.

Am nächsten Tag, es war ein Tag vor meinem Abflug nach Deutschland, fragte mich Deniz abends wieder nach Geld fürs Kartenspielen. Er wollte in einem Çay Salonu noch einmal sein Glück versuchen. Ich sagte entschieden: „Nein, es ist jetzt endlich genug." Er ging trotzdem für zwei Stunden weg und ließ mich am letzten Abend wieder alleine. In der Pension wusste ich nichts mit mir anzufangen und lief bedrückt durch die Straßen.

Obwohl Deniz mir versprochen hatte, mich zum Flughafen zu begleiten, wollte er am nächsten Tag nicht mehr mitkommen. Aufgrund meines hartnäckigen Drängens, begleitete er mich dann doch.
Bei der Kofferabgabe stellte ich mich hinter die lange Warteschlange und als ich mich umdrehte, sah ich ihn nicht mehr. Ich fand ihn im Flughafenrestaurant an einem Tisch und setzte mich dazu. Er stierte ständig in eine andere Richtung und sprach kein Wort mit mir. Ich starrte nun ebenfalls in eine andere Richtung und als ich meinen Kopf umwandte, war er

wieder verschwunden. Völlig von Sinnen suchte ich ihn auf dem gesamten Flughafengebäude im Gewühl der Reisenden, aber er war wie vom Erdboden verschluckt. Ich bekam Angst, mein Magen verkrampfte sich und meine sonst schon vorhandene Erregung steigerte sich. „Das darf doch nicht wahr sein, er macht sich kurz vor meinem Abflug ohne Abschiedswort aus dem Staub", dachte ich. Das war die Krönung!

Endlich wurde mein Flug aufgerufen und ich war unsagbar erleichtert nach Deutschland fliegen zu können. Immer noch verstört ging ich zur Passkontrolle.
Versunken in böse Gedanken, saß ich im Flugzeug und als wir uns über München befanden, fühlte ich mich besser. Als die Anschnallzeichen erloschen waren, atmete ich auf.
Ich war selber schuld gewesen, denn es gehören immer zwei dazu. Viel zu lange hatte ich alles hingenommen und trotzdem war ich immer wieder zu ihm nach Alanya geflogen.

Natürlich wusste ich, dass die Türkei kein Schlaraffenland war und es viele Arbeitslose gab. Überlebenskampf, wie in vielen anderen Ländern gibt es auch dort. Ich wusste aber auch, dass viele Leute während der Saison Ar-

beit suchten und zum Teil auch fanden und gut verdienten.
Doch ausschlaggebend für den Schlussstrich waren auch andere Gründe.

In den nächsten Tagen vermisste ich weder die Türkei noch Deniz.
Susanne, die ich bei Tuncay kennen gelernt hatte, musste Alanya verlassen und besuchte mich in München.

Ich saß gerade im Bus, als mich Deniz anrief und fragte: „How are you?"
Gelassen antwortete ich: „Iyiyim. Es geht mir gut."

Nach einigen Tagen kam eine SMS: „Please call me!" Diesmal reagierte ich nicht. Mein Empfinden für ihn war erloschen und das endlich nach zwei Jahren! Meine Toleranzgrenze war überschritten.
Am Abend machte er sich durch ein einmaliges Klingelzeichen von seinem Handy aus bemerkbar. Zornig schrieb ich eine SMS zurück: „Ich bin nicht mit dir verheiratet, ruf doch deine Frau in Bulgarien an!"

Überraschenderweise überwies mir Deniz nach zwei Wochen Geld auf mein Konto und entschuldigte sich per SMS für sein Verhalten. „Bitte komm bald wieder. Ich habe Arbeit in Aussicht, vielleicht wird ja alles gut." Doch ich arbeitete bereits im Geschäft meiner Freundin Melanie und wollte die Stelle nicht aufgeben.

Nach ein paar Monaten erfuhr ich, dass kranke Leute in der Türkei, die operiert werden mussten, von der Stadt Hilfe erhielten.
Egal, die Ära mit ihm war vorbei und ich fühlte mich erleichtert.
Allerdings war mein Traum, in Alanya leben zu können, nicht in Erfüllung gegangen.

Doch der Drang in Alanya leben zu wollen, verging nicht. Die Verbundenheit mit der Türkei wurde zu einem dauerhaften Bestandteil meines Lebens. In der Stadt, in der ich aufgewachsen war, fühlte ich mich wie eine Fremde. In Deutschland sah ich immer wieder Plätze von Alanya vor meinen Augen. Trotz vieler Tiefs hatte ich noch nie in meinem Leben so viel Intensives wie in der Türkei erlebt. Voll wehmütiger Gedanken dachte ich an Alanya und schnell ergriff mich wieder die Sehnsucht dort zu sein. Ich konnte mich mit der Wirklichkeit in der Türkei nicht leben zu können, nicht abfinden und war wie getrieben. „Das hier in

Deutschland kann doch nicht alles gewesen sein", grübelte ich und überlegte hin und her, kam aber zu keiner Lösung. In München empfand ich mein Leben trostlos und eintönig.

Ich fand eine eventuelle Erklärung wegen meiner Verbundenheit mit der Türkei. Mein Vater war Kroate. Die Osmanen waren 1529 während der Westeuropäischen Eroberungszüge bis Wien vorgestoßen. „Vielleicht habe ich türkisches Blut in mir?", überlegte ich.

Nach einiger Zeit ging das Geschäft von Melanie in Konkurs und ich war wieder arbeitslos.

Susanne und ich planten unseren nächsten Flug in die Türkei. Diesmal wollte ich nicht wegen Deniz in die Türkei fliegen, sondern nur wegen Alanya. Es war wie eine Infektion, ich war von der Türkei infiziert.

Wir überlegten, wo wir in Alanya wohnen könnten und kamen auf Tuncay. Auch zogen wir in Erwägung, mit Schlafsäcken auf der Burg zu schlafen, doch dies war uns dann doch zu abenteuerlich. So rief Susanne Tuncay an und er willigte sofort ein. Aber Susanne wurde von der Polizei gesucht und nahm wieder Kontakt zu dem Vater ihrer Kinder auf.

Eines Tages kam ich heim und sie war mit meinen weinroten Lackwinterstiefeln und meinen

Bauchtanztüchern verschwunden. Ich brauchte drei Stunden, um den Schmutz und die Unordnung, den sie hinterlassen hatte, in meiner Wohnung zu beseitigen und war froh, als sie weg war.
Ich wollte trotzdem in die Türkei fliegen und zwar alleine!
Zunächst musste ich jedoch Susanne's Flugbuchung stornieren, denn unsere Flüge waren über ein Angebot im Teletext auf meinen Namen gebucht. Die Reisegesellschaft beharrte auf die Bezahlung dieser zwei Buchungen. Es gab einen wochenlangen Schriftwechsel, dann drohte ich mit dem Rechtsanwalt und sie nahmen von der Forderung Abstand.
Meinem Flug stand also nichts mehr im Wege.

Am Flughafen holte mich Ursula mit einem deutschen Freund ab, der in Antalya mit einer türkischen Frau verheiratet war. Doch die Ehe befand sich in einer Krise, die Frau wollte sich von ihm trennen.
Ursula überredete mich dazu, erst einmal mit nach Antalya zu kommen und ich willigte nach einigem Zögern ein. Sie wohnte mit einer Türkin und zwei Bekannten in einem Steinhaus in der Altstadt. Es ging dort sehr chaotisch zu. Ur-

sula's jüngerer, türkischer Freund betrieb seit kurzem mit seiner Cousine eine Eisdiele. Antalya gefiel mir gut, aber Alanya besser.
Am nächsten Tag wollte ich sofort weiterfahren.

Abends spazierten wir durch die verwinkelten Gassen der malerischen Altstadt und kehrten anschließend in ein Lokal ein, in dem wir Wein tranken. Sie sagte zu mir: „Was willst du eigentlich noch in Deutschland, komm doch einfach in die Türkei!"
Im Haus wurde weiter getrunken, doch jetzt wollte ich auf der Stelle zu Tuncay nach Alanya. Ein Bekannter von Ursula fuhr mich nach Alanya und verlangte einen viel zu großen Betrag für das Benzin von mir, aber es blieb mir nichts anderes übrig, als zu bezahlen.

Gegen zwei Uhr nachts tauchte ich bei Tuncay auf. Er führte mich gleich in mein Zimmer und ich legte mich schlafen.

Morgens erwachte die Stadt und von meinem Bett aus hörte ich die vertrauten Geräusche von Alanya. Es war kein Traum, ich war tatsächlich wieder in Alanya!
Die ersten Sonnenstrahlen fielen durch das Fenster und ich stand schnell auf. Ich war glücklich wieder in meiner Lieblingsstadt zu sein. Es war beinahe wie die Wiederauferwe-

ckung einer Toten oder wie vom Dornröschenschlaf erwacht. In der Türkei ergriff ein anderes Wesen Besitz von mir. Dass ein Leben in Alanya nur mit Geld möglich war, wusste ich natürlich.
Gleich nach dem Frühstück verspürte ich den Drang hinauszugehen, nicht so wie in München, wo ich nur notgedrungen aus dem Hause trat, um einzukaufen oder Erledigungen zu machen. In der ersten Morgenwärme trat ich ins Freie und suchte den Kleopatra-Strand auf. Ich setzte mich auf eine der Steinbänke und beobachtete die badenden Kinder. Als Urlauberin fühlte ich mich nicht, denn ich hatte in der Stadt schon viel zu viel erlebt.
Ich atmete den Geruch des Meeres tief ein und wusste wieder, wo ich hingehöre. Das hatte ich in Deutschland nie empfunden. Anschließend suchte ich meine Lieblingsplätze auf.
Östlich von Alanya entdeckte ich ein Gewerbegebiet mit vielen Reparaturwerkstätten.

Bei Tuncay lernte ich einen Mann kennen. Wir heirateten, aber schon am nächsten Tag bereute ich die Heirat, denn ich sollte auf einmal mit ihm nach Konya zu seiner Mutter ziehen. Aber ich, das hatte ich ihm schon vor der Heirat gesagt, wollte in Alanya bleiben. Wir zogen für ein paar Monate nach Konya, doch die Ehe hielt nicht lange.

In Deutschland reichte ich die Scheidung ein und wurde nach türkischem Recht geschieden. Es war eine Blitzheirat und Blitzscheidung gewesen.

Viertes Kapitel

DIE VILLA

Seit drei Tagen litt ich unter starken Zahnschmerzen, die trotz Schmerzmittel nicht vergingen. So suchte ich einen Zahnarzt, den Tuncay kannte, in der Nähe des Basars auf. Im Wartezimmer durfte man rauchen. Ich hatte auch gesehen, dass Busfahrer während der Fahrt rauchten. Das fand ich außergewöhnlich gut.
Nach dem Zahnarztbesuch setzte ich mich in den schattigen Garten des Lehrerlokals, dem Öğetmenler Lokalı, gegenüber des Anadolu Lisesi und trank Kaffee. Anschließend lief ich zum Aile Çay Bahce'si und bestellte Çay. Hier konnte man unter den schattenspendenden Bäumen sitzen und in Ruhe Zeitung oder ein Buch lesen. Am Nebentisch fiel mir ein Mann auf, der mit seinem weißen Hemd, der schwarzen Hose und dem nackenlangen schwarzen Haar wie ein Schauspieler wirkte. Ich erinnerte mich daran, ihn schon einmal, als ich mit Deniz hier gewesen war, gesehen zu haben. Wir kamen ins Gespräch, er sprach gut Deutsch und ich erzählte ihm von meinem Zahnarztbesuch und von der Reiseagentur. Er meinte, er habe auch schon bei Yılmaz in der Reiseagentur als Buch-

halter gearbeitet, doch er kündigte dort, weil Yılmaz sein Gehalt nicht ausbezahlt hatte. Damals war er gezwungen gewesen, sich von Bekannten Geld zu leihen. Der Mann spendierte mir noch einen Kaffee und legte mir seine Visitenkarte auf den Aluminiumtisch. Auch ich gab ihm meine Telefonnummer. Anschließend ging ich wieder in Tuncay's Wohnung.
Nachts ließ es der nette Mann, namens Serdal, einmal über das Handy läuten, aber ich rief nicht zurück.

Nach einer Woche flog ich wieder nach Deutschland.

Am Tag der Ankunft trat wieder der Kültürschock ein und Tristess machte sich breit. Mein Lebensinhalt war die Türkei und das Ziel in Alanya zu wohnen. In dem einförmigen Leben kamen wieder die Erinnerungen an Alanya hoch. Es war dort alles bunter und abwechslungsreicher gewesen. Ich vermisste die schönen Grünanlagen und den Duft des Meeres. Man trat auf die Straße und wusste nicht, was passiert.
Mit der türkischen Bevölkerung fühlte ich mich nach wie vor verbundener als mit der deutschen. Den Familienzusammenhalt hatte

ich dort stärker als in Deutschland erlebt; es war allgemein ein geselligeres Leben und trotz der Schwierigkeiten des Alltags waren die Menschen dort heiterer.

Ich rief Serdal an und sagte verzweifelt: „Hier gefällt es mir nicht."
Eine Woche später meldete sich Serdal. „Erledige schnell deine Angelegenheiten und komme anschließend nach Alanya", schlug er vor.

Vier Wochen später saß ich wieder im Flugzeug. Er und sein Freund Berhan holten mich abends vom Flughafen ab. Später sagte er mir: „Ich habe dich zuerst gar nicht erkannt. Du sahst gestresst und älter aus."
„Das macht Deutschland", meinte ich. Auch ich erkannte ihn nicht mehr wieder und fragte ihn: „Bist du es wirklich?" Ich konnte es beinahe nicht glauben. Statt seiner schwarzen Hose und dem weißen Hemd, dass er damals getragen hatte, trug er jetzt ein Kappy, Jeans und ein rotes T-Shirt. Ein ganz anderer Mann, der mir jetzt, nicht nur wegen der anderen Kleidung, auf einmal nicht mehr gefiel. Im Auto sprachen wir kaum und endlich erschien das beleuchtete Kale.
In Alanya angekommen, setzten wir uns auf den Balkon seiner 3-Zimmer-Wohnung im Stadtteil Hace Mahalle. Die Hitze des Tages

wich allmählich und wir aßen Melone und Schafskäse. Es war mittlerweile schon 23 Uhr und seine Tochter Filiz schlief bereits.
Ich war wieder in Alanya!

Auch diese Wohnung gefiel mir. Es war mir aufgefallen, dass die Wohnungen in der Türkei interessanter waren; sie waren raffinierter und nicht so 0815 beziehungsweise eintönig als die in Deutschland. Bestimmt gab es aber auch einfache Wohnungen, die ich jedoch noch nicht gesehen hatte.
Am nächsten Tag kam Filiz, die Tochter von Serdal, von der Schule heim. Ich war ihr sehr sympathisch, denn abends manikürte sie meine Nägel und schminkte mich. Schon nach kurzer Zeit nannte sie mich Anne – Mutter. Nach ihrer Arbeit brachte sie mir jedes Mal Blumen mit. Sie war froh, so äußerte sie sich gegenüber ihrem Vater, weil er so glücklich wirke und sie ihn schon lange nicht mehr so verliebt gesehen habe.
Doch Serdal gefiel mir nicht mehr so gut wie damals und ich dachte sogar daran, heimlich meinen Koffer zu packen und mich davonzustehlen.

Trotz Schwüle machte ich wie üblich meine stundenlangen obligatorischen Streifzüge durch die Stadt und klapperte wieder alle Lieblingsstrecken ab. Es war wieder ein ganz besonderes Gefühl, als ich durch die vertrauten Straßen von Alanya lief. Mittlerweile kannte ich mich in der Stadt besser aus wie manch Ortsansässiger.

Scharen von Touristen schlenderten in der heißen Sommersonne durch die Straßen. Am Kreisverkehrsplatz beim Atatürk-Denkmal überquerte ich die Hauptverkehrsstraße und lief am Taxistand entlang. In der Alanya Adalet Sarayı lag mein Lieblingslokal, dort setzte ich mich in den lauschigen, schattigen Garten und bestellte Çay und aß Toast. Leider wurde dieses Lokal später abgerissen. Ich suchte nur Lokale auf, die hauptsächlich von Einheimischen besucht wurden. Danach besichtigte ich das Atatürk-Haus und Museum im Stadtteil Şekerhane Mahallesi in der Azaklar Sokak. Es waren persönliche Gegenstände von Kemal Atatürk ausgestellt; im zweiten Stock wurden ethnografische Werke aus der Gegend repräsentiert. Ich wollte nicht nach Hause, denn dort wartete Serdal. Nach ein paar Stunden rief er mich an: „Wo bist du? Cabuk gel! Komm schnell!"

Nach zwei Tagen gefiel mir Serdal doch wieder. Er wollte unbedingt, dass ich etwas Deutsches koche. Wir gingen in ein teures Delikatessengeschäft, in dem ich von meinem wenigen Geld Bratwürste kaufte. Ich wollte mir in dem Geschäft keine Blöße vor Serdal geben und nahm sie mit. Zu den Bratwürsten gab es Kartoffelsalat. Filiz wehrte sich Schweinefleisch zu essen, doch dann probierte sie es auf Drängen ihres Vaters doch und es schmeckte ihr. Ich selber wollte nicht, dass sie Schweinefleisch isst.

Serdal erzählte mir nach dem Essen von seiner früheren norwegischen Freundin, mit der er fünf Jahre in Alanya zusammengelebt hatte. Bei den Finanzen hatten sie Fifty-Fifty gemacht, die Beziehung war aber trotz allem aus Geldgründen auseinandergegangen. Seine Tochter wurde von der Norwegerin nicht akzeptiert, deshalb musste Filiz weiterhin bei den Großeltern wohnen. Diese waren vor ein paar Jahren gestorben und deswegen lebte sie jetzt bei ihm. Das Sorgerecht wurde ihm bei der Scheidung zugesprochen, da die Mutter an einer seltenen Krankheit litt.

Während eines Spazierganges deutete Serdal auf ein Mietshaus und sagte: „Schau mal, vor dem Haus ist ein Zaun, dort wohnen bestimmt deutsche Leute." Schon vorher war mir aufge-

fallen, dass die türkische Bevölkerung über die Deutschen spöttelten und die Deutschen über Türken, aber das alles war harmloser Natur. Die Klatschgeschichten amüsierten mich.
Serdal meinte: „Vieles hier ist nur schöner Schein." Natürlich wusste ich, dass es auch in Urlaubsorten Schattenseiten gab. So blauäugig war ich nicht, dass ich meinte, in Alanya sei alles perfekt beziehungsweise in Ordnung.

Serdal, Berhan, Filiz und ich verstanden uns blendend. Auf dem Balkon schmiedete Serdal Pläne für unsere gemeinsame Zukunft. „Erledige alles in München und lass uns zusammen mit meiner Tochter in Alanya wohnen", sagte er zu mir. „Seni seviyorum. Ich liebe dich." Ich war mir nicht sicher, denn ich kannte ihn ja kaum, trotzdem stimmte ich zu, einen Versuch war es wert. „Er ist mir sehr sympathisch und vielleicht gehen meine langgehegten Hoffnungen doch noch in Erfüllung?", dachte ich. Die schöne Wohnung wollte er aufgeben und auf den Berg ziehen, denn inmitten von Alanya war es ihm zu laut und zu hektisch.

Am vierten Tag klingelte es mittags an der Wohnungstür. Ein Florist brachte ein großes Blumenarrangement, das Serdal im Salon auf den Tisch stellte. „Dies ist für dich", begann er. Er wurde ganz feierlich und erklärte uns allen: „Ich

habe eine Rede geschrieben." Dann las er vor: „Du bist jetzt schon fast eine Woche hier und es war alles sehr schön. Ich möchte dich fragen, ob du meine Frau werden willst?" Ich war derart perplex und unangenehm berührt, weil dies alles so schnell und unerwartet kam. „Ein Heiratsantrag schon nach einer Woche, ist das normal in der Türkei?" Ich wusste es damals noch nicht und wollte ihn vor seiner Tochter und seinem Freund nicht bloßstellen.
Irritiert antwortete ich: „Ja."

Am letzten Tag vor meiner Abreise fragte mich Serdal: „Kannst du mir 50 Euro leihen?" In meinem Kopf läutete laut eine Alarmglocke und ich fragte mich beunruhigt: „Ist das jetzt das Gleiche wie mit Deniz?" Trotz meiner Verwirrung gab ich ihm das Geld. Ich sagte jedoch, ich brauche das Geld und er solle es mir bald schicken und er versprach es mir.
Daheim bat ich ihn per SMS, mir das geborgte Geld zu schicken. Erstens brauchte ich das Geld tatsächlich und außerdem wollte ich ihn testen. Daraufhin ließ er eine Woche lang nichts von sich hören. Ich wurde unruhig, da dieses Verhalten unüblich für ihn war, denn zuvor hatte er mich mehrmals täglich angerufen. Ich ließ nichts mehr von mir hören und

nach einer Woche meldete er sich. Angesprochen auf das Geld, antwortete er, er habe es weggeschickt, aber der Briefumschlag sei geöffnet zurückgekommen.

Diesen Vorfall nahm ich dann doch nicht so wichtig und nachtragend war ich ohnehin nie gewesen und außerdem wollte ich in Alanya sein. Es ist allgemein bekannt, dass Geld aus Kuverts entwendet wird, das gibt es in allen Ländern.

Als ich wieder in die Türkei flog, arbeitete Serdal in einem Bekleidungsgeschäft bei einem Bekannten. Wir fuhren nach meiner Ankunft in Alanya dorthin und er machte mich mit seinem Chef, der perfekt Deutsch sprach und der Verkäuferin bekannt.

Serdal hatte die 3-Zimmer-Wohnung in Hace Mahalle tatsächlich aufgegeben und wohnte nun oberhalb des Viertels Cumhuriyet Mahalle, weitab des Tourismus am Berg in einer Erdgeschoss-Wohnung eines Einfamilienhauses. „Der andere Chef hat mich bei meinem Vermieter schlecht gemacht und der hat mir daraufhin die Wohnung gekündigt", erzählte er mir. Beim ersten Anblick der Wohnung war ich schockiert. Der Boden bestand aus weiß gestrichenem Lehm und die Einrichtung war spartanisch. Es war eher ein Hausen als ein Wohnen. Die Einrichtung im Wohnzimmer bestand lediglich aus zwei Stühlen, zwei Matratzen und einem kleinen Tisch. „Die Möblierung könnte noch nach und nach geändert werden", dachte ich. Ich hätte mich mit Serdal dort eingerichtet, aber über uns wohnten die strenggläubigen Vermieter. Sie verboten Serdal in seiner Wohnung Alkohol zu trinken.

Die Schwüle wurde immer unerträglicher und ich hatte sie noch nie so intensiv erlebt. Es gab in der Wohnung meistens kein warmes Wasser und Serdal verdächtigte die Vermieter, dass sie die Warmwasserzufuhr bewusst abstellten und so erwärmten wir uns Wasser zum Kochen und Duschen auf der Elektroplatte.
Nach zehn Tagen kündigten die Vermieter Serdal das Mietverhältnis. Wir nahmen an, sie duldeten unser Zusammenleben ohne Trauschein nicht – das war in ihren Augen Ayıp, eine Schande. Außerdem wussten sie bestimmt, dass Serdal in seiner Wohnung Alkohol trank und dazu kam jetzt auch noch unser lautstarker Streit. In dem ehemaligen Dorf herrschten eben andere Moralbegriffe.
Es wurde mir wieder alles zu viel, ich wurde laut und er schüttelte mich.

„Es gibt eine Stelle in Alanya auf der Burg, dort springen Selbstmörder herunter. Wenn du nicht mehr kommst, mache ich das auch mit Filiz", sagte er zu mir.

Am nächsten Tag, Serdal arbeitete bereits, klingelte die Vermieterin mit ihrer Tochter an der Wohnungstür. Sie redeten auf mich ein, aber ich verstand nicht, was sie wollten.

Während ich auf den Bus wartete, um zu Serdal zu fahren, saßen mehrere Dorfbewohnerinnen in einem Garten und zeigten mir, wie sie große dünne Fladen aus Blätterteig, sogenannte Yufkas, die man für Dürüm Döner oder für Börek benötigt, zubereiteten. Im Lokal angekommen, sprach ich mit ihm über den Besuch der Vermieterin vor der Wohnung.

Wieder zurück in München rief mich Serdal an. Er konnte seine letzte Miete nicht mehr bezahlen und traute sich nicht die Wohnung zu betreten. Er wohnte deshalb mit Filiz bei einem Mann in der Altstadt, der Kürbislampen herstellte. Er sagte: „Es ist alles sehr schlimm, ich habe Angst in die Wohnung zu gehen. Willst du nicht kommen und mit uns bei dem Bekannten wohnen?" Aber das wollte ich nicht.

Nach zwei Monaten flog ich wieder in die Türkei.
Da die Vermieter der Wohnung am Berg Serdal das Mietverhältnis gekündigt hatten, zogen Filiz, Serdal, seine neue Katze und ich in ein Zimmer in eine Pension am Anfang von Alanya.

Während Serdal arbeitete, lief ich durch die Straßen und suchte an den Häusern nach Schildern mit der Aufschrift Kiralık – Vermietung.
Am Rande der Berge sah ich das erste Mal ein ärmliches Viertel mit nüchternen Wohnblocks. Während der Wohnungssuche lernte ich einen Umweltschutzaktivisten kennen. Er leitete mit seiner Freundin ein Umweltschutz-Büro. Sie sammelten Unterschriften gegen Umweltsünden in Alanya und organisierten Aktionen, wie das Aufsammeln von Abfall von den Stränden. Die Zwei waren in Alanya im Fernsehen und in Zeitungen oft zu sehen.

Nach ein paar Tagen fand Serdal ein Apart Otel in Güllerpınarı, in dem gleichen Viertel, in dem ich mit Deniz gewohnt hatte.

In der erbarmungslosen flirrenden Hitze des Mittags räumten wir die Wohnung am Berg mit den gesamten darin befindlichen Gegenständen aus. Ich trug ein Kopftuch und sah wie eine

Türkin aus. Während des Umzuges und des Aufräumens der Wohnung richteten sich alle Blicke auf das Geschehnis. Auf der halben Straße versammelten sich Schaulustige; kichernde Kinder und tuschelnde Erwachsene beobachteten uns. Ich versuchte die Leute zu ignorieren.

Der Vermieter der alten Wohnung half uns sogar beim Umzug, er stellte seinen LKW zur Verfügung und fuhr den Transport mit den wenigen Habseligkeiten in das Apart Otel. Der Vermieter rauchte in seinem Bus und Serdal sprach ihn deswegen an, warum er während des Ramadan rauche, aber der lachte nur.
Die Mittagshitze legte sich und Serdal trug rasch den Hausrat mit samt dem Fernseher in das Apart Otel. Der Rezeptionist beobachtete uns argwöhnisch, bemerkte jedoch nicht den Fernseher und die Katze Ezgi, die wir in einer Tasche versteckt hielten, denn Tiere waren ohnedies nicht erlaubt. Wir schafften es, alles unbehelligt in die Zimmer zu schleusen.

Während des Fastenmonates entschloss ich mich Ramadan mitzumachen. Serdal und Filiz wollten sich mir nicht anschließen. Der Islam interessierte mich und ich nahm mir vor, den Koran zu lesen. Es war nicht schwer für mich, bis abends auf Essen und Trinken zu verzich-

ten, aber der Verzicht auf das Rauchen war hart.
Am Ende des Fastenbrechens hörte man einen Schuss über Alanya, das Zeichen für das Fastenbrechen. Die Nachbarn setzten sich auf die Balkons und alle begannen zu essen. Ich rauchte vor der Mahlzeit hastig meine heiß ersehnte Zigarette.

In den ersten drei Tagen ereigneten sich seltsamerweise eine merkwürdige Folge von drei positiven Ereignissen. Zum einen bekam Serdal Arbeit im Basar, zum anderen wurde seiner Tochter zwei Stellungen zugesagt. Serdal war von einem Zusammenhang mit meinem Fasten überzeugt: „Das kommt von Allah", sagte er mit Tränen in den Augen. Auch ich dachte nicht an einen Zufall und glaube bis heute, dass die Geschehnisse mit dem Fasten zu tun hatten.
Ich begann mich für den Islam zu interessieren und las später in Deutschland den Koran.

Einige Tage später besuchten uns die Umweltschützer im Apart Otel. Es war die Zeit, also 2004, als die Tsunami-Katastrophe in den Küstenbereichen des Indischen Ozeans das Land überschwemmte.
Ich erzählte von meinem Traum, ein Tierschutzbüro für Katzen einrichten zu wollen. „Ich könne dir dabei behilflich sein, mit der Lizenz und der

dazugehörigen Bürokratie", meinte der Umweltschützer. „Doch mit welchem Geld", dachte ich bitter, „schon wieder eine Geldfrage, alles war verbunden mit Geld."

Dann fand ich in einem Lokal im Viertel Damlataş Arbeit als Bedienung. Jedes Mal, wenn sich die Gäste an die Tische setzten und bestellten, lief der Ober erst einmal ins Geschäft, um Getränke zu holen. Die Gäste mussten mindestens fünfzehn Minuten auf ihre Getränke warten und wurden verständlicherweise ungeduldig. Während des Wartens auf den Kellner saß ich wie auf heißen Kohlen. Später verschwand der Kellner mit der Kasse in eine andere Stadt. Das Lokal wurde nach zwei Wochen geschlossen.

Serdal und ich dachten darüber nach, ob es machbar sei, dass er und seine Tochter nach Deutschland kommen könnten, doch nach langen Erkundigungen, stellte sich heraus, dass dies nicht möglich war.

Ich flog nach München zurück, doch nach drei Monaten Aufenthalt flog ich im Winter wieder nach Alanya. Der Wind fegte über den Strand und peitschte die Wellen auf, aber selbst im Winter fühlte ich mich in Alanya wohl.

Serdal und Filiz wohnten immer noch im Apart Otel, in dem es eiskalt war. Ich kaufte einen Radiator, sodass man es in der Wohnung aushalten konnte. Ich selber besaß nur wenig Geld und auch diese Familie war wieder mittellos. Dieser Umstand stieß mich nicht ab, aber wie sollte ich in Alanya überhaupt eine Zukunft haben? Doch ich schob die Gedanken schnell beiseite und hoffte auf bessere Zeiten.

Nach einem längeren Aufenthalt in München flog ich wieder in die Türkei.

Wir machten uns wochenlang in Alanya auf Wohnungssuche, aber erfolglos, denn die Mieten waren für uns unbezahlbar.
Am Ende von Konaklı, sagte uns ein Geschäftsmann, Richtung Türküller würden ein Paar leerstehende Villen stehen. Konaklı befindet sich circa zwölf Kilometer westlich von Alanya entfernt. Etwas zurückgesetzt von der Küstenstraße und vom Trubel des Tourismus abgeschieden, sahen wir endlich hinter Zypressen etwas versteckt, die weißen Villen.
In der Türkei nennt man Einfamilienhäuser Villen. Über einen kurzen Kiesweg liefen wir zu den Häusern. Wir sprachen mit den Nachbarn und diese telefonierten ohne lange zu zögern mit dem Verwalter. Insgesamt waren es am Ortsrand von Konaklı zehn Villen in relativ ru-

higer Lage. Das Rauschen des Verkehrs von der Schnellstraße war nur leicht wahrnehmbar. Die einstöckigen Villen, zwar nicht mehr die neuesten, waren ideal. Sie hatten Vorgärten und nach hinten hinausgehende Gärten, wunderbar geeignet, um Gemüse anzulegen. Von hier aus sah man auf freies Gelände, auf dem Kamele grasten; ein Hirte machte gerade Rast mit seiner Schafherde. Die Villen bestanden aus einem Salon im Erdgeschoss. Eine Wendeltreppe führte in den ersten Stock, der aus drei kleineren Zimmern bestand. Es waren sechs Balkons vorhanden und von der Dachterrasse aus hatte man einen Blick auf einen kleinen Teil des Meeres . Vor dem Küchenfenster stand ein Oleanderbaum mit rosaroten Blüten. Vor den Fenstern des Salons sahen wir umherlaufende, gackernde Hühner.

Die Häuser, im orientalischen Stil mit Rundbögen über den Türen, hatten einen individuellen Charakter. Zu Fuß war das Meer in ein paar Minuten zu erreichen. Hinter den Villen befand sich hügeliges, bewaldetes Gelände. Am Stadtrand waren die Mieten billiger.

Während des Wartens auf den Hausverwalter waren unsere Nerven bis aufs Äußerste angespannt. Nach einer Stunde kam er und Serdal redete mit Engelszungen, unterstrichen mit lebhaften und demutsvollen Gebärden, auf ihn ein, der aber betonte immer wieder: „Ich möchte,

dass eine Familie in das Haus einzieht."
Serdal erklärte ihm mit melodramatischer Verzweiflung: „Wir sind eine Familie, das ist meine Frau und ich habe eine siebzehnjährige Tochter."
In der Mittagssonne wartete ich angespannt im Garten bei den netten, türkischen Nachbarn, die mich zu beruhigen versuchten. „Inşallah, hoffentlich klappt es", dachte ich und schickte ein Stoßgebet zum Himmel. Die Spannung war unerträglich und ich versuchte mich auf das Summen der Insekten zu konzentrieren. Nach einer Stunde dramatischen, lauten Sprechens und wilden Gestikulierens seitens Serdals, willigte der Verwalter endlich ein und wir waren überglücklich.
Nach der ganzen Aufregung unternahmen wir einen Erkundungsspaziergang durch Konaklı.

Serdal besaß kein Geld für die erste Miete. Seine Bekannten liehen ihm nichts und so versuchte ich bei meiner Bank Geld abzuheben, aber auf dem Monitor stand: Abhebungen im Moment nicht möglich! Hatte ich mich verrechnet? Es schien so. In München überwies ich später die erste Mietzahlung.

Die erste Nacht verbrachten wir zu dritt, Ezgi legte sich zwischen uns, auf einer Matratze auf dem Boden der leeren Villa.
Am nächsten Tag musste ich zurück nach München fliegen. Kurz vor Sonnenaufgang weckte mich ein krähender Hahn und ich stand auf. Ich nahm Ezgi hoch und sah mit ihr aus dem Fenster. Die halbwilden Katzen vor dem Haus versorgte ich noch schnell mit Trockenfutter. Nachdem mein Koffer gepackt war, brachten mich Vater und Tochter zum Bus. Schweren Herzens verließ ich Alanya.

Zurück in Deutschland kündigte ich zum zweiten Mal meine Wohnung und traf sämtliche Vorbereitungen für die Ausreise. Jetzt wurde es ernst und ich war mir sicher, dass sich alles zum Guten wenden würde. Es war der dritte Versuch in die Türkei auszuwandern. Als ich mich noch in Deutschland befand, fragte mich Serdal einmal am Telefon: „Kommst du wegen mir oder wegen Alanya in die Türkei?"
„Wegen dir und Alanya", gab ich ihm zur Antwort.

Serdal schrieb mir nach zwei Wochen, er brauche wieder Geld für die Miete und ich kratzte mein letztes Geld zusammen und schickte es ihm. In München fuhr ich, um zu sparen nicht mit den öffentlichen Verkehrsmitteln, sondern

lief überall hin. Auch das Geld für Nahrungsmittel und Kleidung war knapp, ich kaufte nur das Nötigste und investierte alles in ein paar Rücklagen für die Türkei.
Vor meiner Abreise in die Türkei schickte ich ihm noch einige Male Geld für die Miete, denn er drohte einmal die Katzen, den Hund seines Freundes und andere Materialien des Hauses zu verkaufen. Was sollte ich machen, denn ich wollte ja nachkommen und ebenfalls in dem Haus wohnen.

Von Deutschland aus bewarb ich mich schriftlich bei der Zeitung „Alanya-Bote" und bei einer holländischen Beratungsstelle für Ausländer, aber sie hatten keinen Bedarf an Personal.

In München begleitete mich meine Mutter in ein türkisches Bekleidungsgeschäft. Dort suchte ich mir ein Hochzeitskleid aus. Es schimmerte leicht gold, war lang und mit einer Stola ausgestattet. In dem Moment rief Serdal an und fragte meine Mutter: „Ich möchte deine Tochter heiraten, gibst du deine Erlaubnis dazu?" Ich schüttelte mit dem Kopf, die Mutter einer vierzigjährigen Tochter wegen einer Heiratserlaubnis zu fragen, war befremdlich für mich.

Meine Verwandtschaft und ein türkischer Freund halfen mir meine Möbel zu entsorgen beziehungsweise anderweitig unterzubringen. „Vielleicht würde es jetzt doch noch zu einer guten Wendung kommen und der Wunsch mit einer netten Familie in Alanya zu leben, würde Wirklichkeit werden", dachte ich zuversichtlich.

In Kroatien fühlte ich mich auch wohl, mein Vater ist Kroate, aber die Türkei war meine Wahlheimat, meine wahre Heimat, in der ich mich nicht so fremd wie in Deutschland fühlte.

Meine unfreiwillige Heimat war Deutschland, wo ich geboren wurde, meine gefühlte Heimat aber war die Türkei. Die Mentalität der kroatischen Leute ist ähnlich wie die der türkischen.

Eine Woche vor unserem Flug ließ Serdal nichts mehr von sich hören und ich konnte ihn telefonisch nicht erreichen. Es vergingen mehrere Tage. „Was soll ich nur machen, wenn er sich jetzt nicht mehr meldet?", überlegte ich, schon beinahe am Rande des Wahnsinns. Meine Wohnung war aufgelöst! Doch dann rief er bei meiner Mutter an. Als er mir alles aufgeregt erzählte und erklärte, seufzte ich erleichtert auf. Man hatte sein Handy gestohlen und er besaß meine Telefonnummer nicht mehr. Ein Bekannter von Serdal in Konaklı stand in Kontakt zu

Leuten in München und es war ihm gelungen, die Telefonnummer meiner Mutter herauszufinden. Meine Anspannung löste sich und ich traf die letzten Vorbereitungen.
Und wieder packte ich erneut dieselben Gegenstände, die ich schon damals für Deniz' Wohnung mitgenommen hatte, für das Leben mit Serdal ein.

Endlich war der lang erwartete Moment gekommen.

Im September 2005 flogen meine Mutter und ich mit vier Koffern nach Antalya. Das größte Hobby meiner Mutter war Reisen und so konnte sie auch die Türkei kennen lernen. Während des Aufpralls der Maschine auf der Landebahn war ich aufgekratzt und konnte es nicht mehr erwarten, auszusteigen. Am Flughafen holten uns Serdal, Filiz und ein Bekannter ab.
Kein Wölkchen befand sich am hochsommerlichen Himmel und die Hitze des Augustmittags machte uns im Auto schwer zu schaffen. In der Sommerhitze flimmerte die Luft auf dem Asphalt. Auf der Küstenstraße bewunderte meine Mutter den blühenden Hibiskus am Straßenrand.
Angekommen in Konaklı, fuhr das Auto bis vor das Haus und wir luden die Koffer aus. In der schwülen Nachmittagsluft hing der süße Duft

von Jasmin. Meine Mutter war von dem Haus begeistert und Ezgi wurde von ihr gleich mit mitgebrachtem Trockenfutter versorgt. Serdal, ausgestattet mit handwerklichem Geschick, hatte einige Verschönerungen im Haus vorgenommen. Er verstand im Notfall blitzschnell zu improvisieren und für den praktischen Gebrauch eine Lösung zu finden. Ein hölzernes Wagenrad fungierte als großer Esstisch. Er konnte, ebenso wie Deniz, besser kochen, bügeln und das Haus schneller putzen als ich. Er servierte uns Yayla Corbası – auf Deutsch Almsuppe – und gemischten Salat.

Er zeigte meiner Mutter ihr Zimmer im ersten Stock. Er hatte extra eine schöne Schlafdecke für sie gekauft. Wir schliefen im größten Zimmer, Filiz bekam das kleinere. Später siedelte sie dann ins Gästezimmer um.
Serdal erzählte von dem Einbruch in die Villa und zeigte uns den Fußabtritt des Diebes an der Hauswand. Es waren bereits mehrere Diebstähle in der Gegend vorgekommen.

Am anderen Morgen wollten wir meiner Mutter Alanya zeigen. Im Dolmuş deutete ich stolz auf das Ortsschild und sagte: „Hier beginnt Alanya!" Wir zeigten ihr Alanya und kehrten unterwegs in ein Lokanta in der Innenstadt ein. Nach der Stadtbesichtigung, das Thermometer zeigte 35

Grad, wollte sie zum Kleopatra-Strand baden gehen. Sie war von dem klaren Wasser begeistert.

Am späten Nachmittag kauften wir in der Fischhalle, westlich von Alanya, Fisch. In der Fischhalle gab es frischen Fisch in allerlei Sorten, Obst, Gemüse und Kosmetikprodukte. Wir setzten uns in ein darin befindliches Lokal und tranken Çay.

Am Abend grillte Serdal Hamsiler – Sardinen – auf dem Balkon.

Einige Tage später kauften wir in der Nähe meiner ersten Arbeitsstelle gebrauchte Möbel. Ich suchte eine helle, nostalgische Couch mit zwei Sessel und einen dunkelbraunen Kleiderschrank aus. Schon nach einer Stunde fuhr der Möbeltransporter der Firma mit den Möbeln zu unserem Haus. Schnell und unbürokratisch, so hatte ich das in Deutschland noch nicht erlebt.

An den Abenden nähte meine Mutter Gardinen für den Salon. Serdal ließ mir bei der Gestaltung freie Hand und so richtete ich das Haus romantisch ein.

Am vierten Tag ging ich zum Bakkal, dem Lebensmittelhändler, einkaufen, denn meine Mutter wollte Marmelade und ein Light-Bier. Vor dem Laden verkaufte ein türkischer Mann, ebenfalls aufgewachsen in München, Anziehsachen. Wir unterhielten uns über dies und das. Er erwartete in den nächsten Tagen seine Freundin. Während ich mit ihm sprach, fühlte ich mich beobachtet, denn von unserem Haus aus konnte man alles sehen. Ich verabschiedete mich schnell und sagte: „Ich muss jetzt gehen, denn mein Freund ist sehr eifersüchtig." Als ich zum Haus zurückging, kam mir Serdal schon mit weit ausholenden Schritten und grimmigem Gesichtsausdruck von seinem Beobachtungsposten entgegen. Er machte mir schwere Vorwürfe und schimpfte: „Es schickt sich nicht mit fremden Männern zu sprechen und vor allem sind die Männer hier alle schlecht." Aufgebracht erwiderte ich: „In Deutschland kann sich jeder mit jedem unterhalten und ich denke nicht, dass alle Männer schlecht sind!"

Am nächsten Tag setzten wir uns in einen schönen Garten an den plätschernden Springbrunnen in der Nähe einer großen Moschee. Meine Mutter und ich wollten die Moschee besichtigen. Als wir sie betraten, verfolgte uns ein taubstummer Mann, der dort als Aufseher arbeitete und ließ uns nicht mehr aus den Augen. Wir bekamen Angst und fühlten uns unwohl. Er gestikulierte wild um sich herum und wir dachten , er wolle Geld. Schließlich drückten wir ihm ein paar Cents in die Hand, die er uns aber wieder erbost zurückgab. Meine sensible Mutter und ich erschraken und wir verließen fluchtartig die Moschee. Aufgeregt erzählten wir es Serdal. Der Grund für das Verhalten des Aufsehers war wahrscheinlich ein anderer gewesen. Wir hatten zwar die Schuhe ausgezogen, aber wir waren ohne Kopftuch und Umhang, um Arme und Beine zu bedecken, in die Moschee gegangen. Natürlich hätte ich das wissen müssen.

Nach zehn Tagen flog meine Mutter nach Hause.

Ich hielt mich wieder einmal in der Türkei auf, ohne krankenversichert zu sein, aber ich war wie immer zuversichtlich, dass mir nichts passieren oder eine Krankheit auftreten würde.

Das Verhältnis zu der türkischen Nachbarfamilie war gut. Ich bewunderte das Kopftuch meiner Nachbarin und nach einer Woche schenkte sie mir das gleiche, sie hatte es auch noch umhäkelt. Hin und wieder schenkten sie uns Obst von ihrem Pfirsichbaum.

Das Nachbarschaftsgefühl empfand ich ausgeprägter als in Deutschland, man besuchte sich häufiger und manchmal brachten Nachbarn auch Essen vorbei.

An der Ecke der Villen lag eine Diskothek. Als wir eines Abends daran vorbeiliefen, standen zwei junge Angestellte mit mexikanischen Hüten vor der Tür. Ich sah die Männer „normal" lange an, aber Serdal warf mir einen tadelnden Blick zu und regte sich auf: „Warum schaust du diese Männer immer so lange an?"

An den sommerlichen Abenden saßen wir bis tief in die Nacht auf dem Balkon.

Trotz der Idylle wurde ich bezüglich unserer Finanzlage langsam unruhig, aber Serdal sagte nur leichthin: „Bekle! Warte!" Ein kleiner Teil meiner Ersparnis war noch vorhanden, aber dieser wurde von Tag zu Tag kleiner.
Wieder das Geldthema, wieder kannte ich einen Mann, der an chronischem Finanzmangel litt. Dies war ebenso meistens der Fall gewesen mit den Männern, die ich in Deutschland gekannt hatte.

Serdal schuldete vielen Bekannten Geld. An einem Spätnachmittag, wir kamen gerade vom Einkaufen, bremste knirschend ein Wagen vor den Villen, sodass der Staub aufwirbelte. Der Fahrer schnitt uns wie in einem amerikanischen Kriminalfilm den Weg ab. Er stieß die Wagentür auf und Serdal überreichte ihm – ohne ein paar Worte zu wechseln – rasch ein paar Geldscheine, die ich ihm vor ein paar Tagen gegeben hatte. Dieser Vorfall und natürlich auch vorangegangene legten sich auf meine Stimmung und langsam bekam ich Zweifel an einer einigermaßen gesicherten Zukunft. Das Geld war knapp, meine Wohnung in Deutschland war nicht mehr vorhanden und ich bekam massive Existenzängste.

Serdal wollte in Konaklı seine selbst gemachten Kürbislampen verkaufen, aber niemand interessierte sich dafür. Trotzdem wollte ich mit ihm zusammen Lampen herstellen. Er zeigte mir den Herstellungsvorgang und nach meinem Vorschlag hin, stellten wir in die Nähe der Hauptstraße ein großes Plakat mit der Aufschrift auf: Selbst angefertigte Kürbislampen im Haus Nr. X zu kaufen. Dies war nicht legal, denn wenn das Ordnungsamt davon erfuhr, musste man sicherlich eine Geldbuße bezahlen. Wir stellten stundenlang bis in die Nacht

Lampen her und hofften, dass sich Touristen bei uns melden würden. Aber niemand kam.
Dieses Unternehmen war wie eine Seifenblase zerplatzt.

Schon kurz nach dem Aufstehen setzte sich Serdal bis tief in die Nacht vor den Fernseher. Dies ging mehrere Wochen so und ich entfachte deswegen einen Streit.

Nach ein paar Tagen kam Serdal auf die Idee, Köfte und Salat herzustellen und das Essen auf Bestellung zu verkaufen. Wir kauften Geschirr und andere Materialien und wieder war ein Teil meines Geldes weg. In der Nähe des Stadtzentrums von Konaklı verteilten wir Handzettel mit unserer Telefonnummer und Serdal begann Essen vorzubereiten. Innerhalb von drei Tagen kam nur eine einzige Bestellung. Wir waren deprimiert. Auch dieser Versuch war fehlgeschlagen.

Wegen seiner Erkrankung konnte Serdal nicht jede Arbeit annehmen. Ein Vorstellungsgespräch in einem Hotel ergab, dass er als Buchhalter mit dem Computer gut umgehen musste, doch das konnte er nicht.

Es war mittlerweile Spätsommer und ich suchte immer noch Arbeit. Ich wollte mit Tieren arbeiten und Serdal rief im Tierheim in Demirtaş an. Sabine, die dort bekannt war, da sie sich schon seit Jahren um Hunde kümmerte, riet mir in einer Tierklinik in Alanya anzurufen. „Dort suchen sie eine deutsche Frau mit guten Englisch- und Türkischkenntnissen", sagte sie am Telefon.
Na ja, meine Sprachkenntnisse in Englisch, aber vor allem in Türkisch waren nicht perfekt, aber wir vereinbarten trotzdem einen Vorstellungstermin. Serdal begleitete mich zum Vorstellungsgespräch und sprach mit Bayram Bay, dem Tierarzt. Sie sprachen Türkisch und ich verstand nicht alles. Ich hörte Serdal sagen: „Sie kümmert sich um jedes hungrige und kranke Tier in Alanya." Kurzerhand wurde ich eingestellt und konnte schon am nächsten Tag anfangen zu arbeiten.

Die Arbeit mit den Tieren war meine Berufung. Die Tierklinik war voll klimatisiert und jeden Tag spendierte der Arzt meiner Kollegin und mir ein Mittagessen. Zu den Aufgaben gehörte unter anderem einmal täglich die Boxen der darin befindlichen Katzen zu säubern. In den Boxen befanden sich drei Katzen. Links war eine rote Katze mit Hautproblem, in der Mitte befand sich ein großer Kater, eine große, weiße Van-Katze. Ich öffnete die rechte Box und sah einen klei-

nen, weißen Kater mit ein paar dunklen Flecken, circa drei bis vier Monate alt, der mich schüchtern anschielte. Ich konnte meinen Blick nicht mehr von ihm abwenden. Auch nach Feierabend ging mir dieser kleine schielende Kerl nicht mehr aus dem Sinn. Eine Frau hatte ihn ihn auf der Straße bemerkt. Sie sah, dass sein rechtes Auge stark entzündet war. Er wurde zu Bayram Bay gebracht und dort operiert. Er befand sich mittlerweile drei Monate in der Box.
Nach einer Woche sprach ich die Kollegin wegen dem Kater an. „Du kannst ihn sofort mitnehmen", sagte sie zu mir. Ich lieh mir eine Transportbox und packte den kleinen Kerl ein.
Im Bus durfte ich ihn nicht zu den Sitzplätzen mitnehmen, daher verstaute man ihn in dem lauten Gepäckraum. Er tat mir leid, denn die Busse in der Türkei machen oft Halt und veranstalten laute Hupkonzerte.
Angekommen in Konaklı wartete Serdal an der Bushaltestelle auf mich. Als er sah, wie ich aus dem Gepäckraum eine Transportbox auslud, strahlte er über das ganze Gesicht, denn er dachte, es sei die besondere Van-Katze. Ich machte ihm verständlich, dass es der kleine schielende Kater ist. Er sagte: „Ich will nicht", aber ich entgegnete energisch: „Aber ich will!"
Wir ließen den kleinen Kater im Haus aus der Box. Er war sehr schreckhaft und bekam schon

Panik, wenn wir husteten, denn er war ja immerhin knapp drei Monate von der Außenwelt abgeschirmt im Käfig der Tierarztpraxis gewesen. Ich nannte ihn Freddy. Ezgi, die Chefin beargwohnte ihn voller Zorn, doch er ließ sich nicht einschüchtern und zeigte gegenüber Ezgi Drohgebärden. Aber schon nach drei Tagen lagen sie mit geringem Abstand auf der Couch nebeneinander. Am vierten Tag waren beide für drei Stunden verschwunden und ich machte mir große Sorgen um Freddy. Doch dann kamen beide durch die Tür hereinspaziert, voran Ezgi; sie hatte ihm die Umgebung gezeigt.
Von nun an waren Freddy und ich unzertrennlich. Er verfolgte mich auf Schritt und Tritt. Er begleitete mich zum Abfallcontainer und zum Sand holen. Nachts schlief er mit mir im Bett, bis Serdal kam. Bei seinem Kontrollgang kroch Freddy unter das Bett, als er weg war, kam er wieder hoch. Wir waren eine Einheit und Berhan nannte ihn meinen Bodyguard.

Ging ich zum Abfallcontainer liefen mir sechs Katzen hinterher, die Touristen sahen uns staunend hinterher. Serdal sagte einmal: „Ich werde dich in eine Wohnung auf den Berg mit samt den Katzen schicken und wenn sie dann hungrig sind, werden sie über dich herfallen und dich

fressen."
Ich erwiderte: „OK, kein Problem, wenn du die Miete bezahlst, ziehe ich mit den Katzen auf den Berg."

Ein knappes Drittel meines Gehaltes ging für die Hin- und Rückfahrt mit dem Dolmuş zur beziehungsweise von der Arbeit in die Tierklinik weg. Ich arbeitete noch einige Zeit dort, doch aus bestimmten Gründen kündigte ich. Das allerdings bereute ich schon am nächsten Tag, es war eine falsche Entscheidung gewesen, denn jetzt fiel mir die Decke auf den Kopf.

Filiz ging in ein nahe gelegenes Restaurant arbeiten. Nach zwei Wochen fand auch Serdal dort Arbeit als Küchenkraft, zusätzlich musste er schwere Lasten tragen. Vater und Tochter waren jeden Abend sehr erschöpft.

Dann bekam Filiz im Restaurant Schwierigkeiten. Wir gingen zu dritt zu einem Gespräch zum Chef und klärten die Situation. Bei heiklen Angelegenheiten sollte ich immer mitkommen, als Schutzschild sozusagen. Doch leider konnte ich nicht vermitteln, denn meine Türkisch-Kenntnisse waren noch mangelhaft.

Die Arbeit belastete Serdal sehr, da die tägliche Arbeitszeit lang war und er viel tragen musste. Abends wollte ich mich mit ihm unterhalten, doch er wollte nichts von den Tieren in der Klinik hören, über Geld durfte ich nicht sprechen und später auch nicht über meine Hausarbeit. „Über was soll ich denn überhaupt mit ihm sprechen?", zerbrach ich mir den Kopf. Zu Beginn unserer Beziehung hatte er immer gesagt, es ist wichtig, über alles zu reden. Jetzt saß er nach dem Abendessen bis in die Nacht hinein schweigend vor dem Fernseher. Das Thema über seine Arbeit war absolut tabu.

Tagsüber kümmerte ich mich um das Haus, ging einkaufen, versorgte die Katzen, las viel und einmal in der Woche machte ich den wöchentlichen Großeinkauf im Basar. Ansonsten fehlte es mir an Unternehmungsgeist und ich wusste auch nicht, bei welchen Stellen ich mich bewerben sollte.

An den immer noch lauwarmen Herbstabenden setzte ich mich auf den Balkon im Erdgeschoss und wartete auf Serdal und Filiz. Lauschend hörte ich im Dunkeln die Grillen im Gras zirpen. Die abendliche Stille wurde hin und wieder von einem Knacksen in den dahinterliegenden Gärten unterbrochen; direkte Angst hatte ich jedoch nie, obwohl ich von den Einbrüchen in der

Gegend wusste. Serdal und die Nachbarn redeten mir jedoch derart ins Gewissen abends im Haus zu warten, sodass ich es dann doch unterließ.

Wochenlang verbrachte ich, außer sonntags, bis zu zwölf Stunden alleine im Haus. Mir fiel die Decke auf den Kopf und ich wurde trübsinnig. Es war auch nicht genügend Geld vorhanden, um mit dem Bus nach Alanya zu fahren, geschweige denn einen Ausflug zu machen. Keine Besuche von Verwandten und Freunden, es kamen kaum Anrufe aus München. Ich schrieb Ansichtskarten nach Deutschland. Ich vermisste meine Enkeltochter. In Konaklı kannte ich noch niemand und fühlte mich einsam. Die Nachbarn führten ihr Eigenleben, die meisten waren Geschäftsinhaber oder Saisonarbeiter. Sie alle besaßen Geld, zumindest für das Nötigste, nur wir nicht. Es war wie ein Fluch! Von dem geschrumpften Geld kaufte ich mir Wolle und fing an, einen Schal zu stricken.

Ein Mal gönnte ich mir jedoch heimlich am Strand den Luxus einer Gesichtsmassage für ein paar Euro. Danach setzte ich mich in den Sand und starrte auf die ruhige Meeresfläche. Die letzten Sommertage waren vorüber und es waren nur noch wenige Strandgäste zu sehen. „Wie soll das noch alles weitergehen?", dachte ich hoffnungslos und es plagten mich Zweifel. Ohne eine einigermaßen gesicherte Zukunft, zumindest was die Miete und das Essen betraf, konnte ich in der Türkei nicht leben. Die meisten Touristen und Einheimischen waren schick angezogen, ich kam mir auf einmal armselig in meiner Kleidung vor.

Serdal beauftragte mich, den Metzger wegen Abfällen für die Katzen aufzusuchen. Der Katzen zuliebe suchte ich zwei Wochen lang die Metzgerei auf und bat um Reste. Doch dann kam ich mir wie eine Bettlerin vor. Keine Widerrede duldend, instruierte ich Serdal, eine billige Schachtel Trockenfutter zu kaufen.

An den Sonntagen widmeten wir uns dem Vorgarten und dem hinteren Garten. Ich hatte Blumen und Salatsamen aus Deutschland mitgebracht und Serdal begann mit der Aussaat; ich half bei der Umrandung des Blumenbeetes mit Steinen.

Mehrere Wochen ernährten wir uns von Brot, Suppe und Salat.

Ein paar Tage vor der fälligen Mietzahlung war wieder kein Geld vorhanden. Ich wurde unruhig. „Müssen wir bald im Freien schlafen?", murmelte ich vor mich hin. Ich war in meinem Lieblingsland, das Haus war schön und ich wohnte hier mit Serdal und Filiz. Aber die ständige Zukunftsangst wegen der finanziellen Umstände belasteten mich und nagte stündlich an mir. Aufgrund der Existenzsorgen stand ich ständig unter Stress, sodass ich Depressionen bekam. Morgens, als ich vom Schlafzimmer die Treppe zum Salon hinunterlief, zitterten meine Beine.

In Konaklı fragte ich in einer Arztpraxis, ob sie eine deutsche Frau benötigen, aber sie verneinten. Der Arzt verwies mich an ein Krankenhaus, dem Özel Can Hastanesi, einem privaten Krankenhaus in Alanya, das bald eröffnet werden sollte. Ich fuhr hin und füllte ein Formular aus, gab es jedoch nicht ab, denn ich war mir sicher, dass die perfekte Landessprache Bedingung war. Aber soweit war ich noch nicht. Ich nahm mir vor, noch härter an der Sprache arbeiten.

In Alanya gab es eine deutsche Bäckerei, dort suchten sie Putzfrauen. Serdal meinte, warum nicht, aber acht Stunden putzen konnte und wollte ich nicht. Im Verkauf hätte ich es mir vorstellen können, aber dafür benötigten sie kein Personal.

Der Herbst war vorüber, es war Ende Oktober und die Abende wurden kühler. Die Touristensaison ging langsam zu Ende und als Serdal eines Abends heimkam erzählte er mir, dass sich die Restaurants leerten und bereits mehreren Angestellten gekündigt worden war.
Ein paar Tage später hatte der Chef auch ihm und Filiz gekündigt. Wieder bekam ich Angst und fragte mich, von was wir leben sollten.

Nach ein paar Wochen zog ein deutsches Pärchen aus Hamburg in die hintere Villa. Ein Gefühl des Unbehagens beschlich mich beim Einzug dieser Leute. Zuerst lästerte Serdal, als sie eines Abends an unserem Haus voll alkoholisiert vorbeiliefen. Dann half man sich gegenseitig bei gewissen Angelegenheiten. Nach einer Woche hielt sich Serdal und sein Freund Berhan jeden Tag von morgens bis abends bei den Nachbarn auf, um den Garten gegen Entgelt zu verschönern; später kamen noch andere Arbeiten im Haus dazu. Ich fand das gut, denn wir alle waren arbeitslos und meine Ersparnisse waren bis auf 50 Euro aufgebraucht. Wir lebten nur noch von der Hand in den Mund.

Serdal ging jeden Morgen zu den Nachbarn und kam erst abends zurück. Er besuchte mich nicht einmal kurz für eine Pause und wenn dann nur, um Handwerkszeug zu holen. Seit-

dem diese Leute eingezogen waren, beschlich mich ein ungutes Gefühl. Unheilverkündend ahnte ich kein gutes Ende. Es war nicht der Grund, weil diese Leute viel tranken, irgendetwas an ihnen missfiel mir. Wieder saß ich wochenlang bis zu zehn Stunden täglich alleine im Haus, obwohl sich Serdal nur ein paar Schritte entfernt von unserem Haus befand.
Ich fühlte mich ausgegrenzt, denn diese Nachbarn luden mich nicht zu sich ein, obwohl sie mich gar nicht kannten. Ich hatte ein unangenehmes Gefühl, eine schlimme Vorahnung, die sich später auch bestätigte. „Erzählt Serdal negative Dinge von mir?", fragte ich mich. Ihr Verhalten konnte ich mir sonst nicht anders erklären. Ich wollte keinen engen Kontakt zu diesen Leuten, eher zu allen anderen Nachbarn. Ich ahnte, dass bei dieser Verbindung nichts Gutes herauskam. Sonst war ich bei allen Bekannten von Serdal beliebt gewesen, dies hatte er mir immer wieder bestätigt. Doch diese Leute waren nur auf ihr „Serdichen", so nannten sie ihn mittlerweile, fixiert.

Dann bat mich Serdal, die Nachbarn zu fragen beziehungsweise zu übersetzen, ob sie ihm 1000 Euro für seine Rente leihen würden. So wäre es für ihn möglich, in Kürze eine monatliche Rentenzahlung zu erhalten. Der Nachbar wollte erst einmal seine Lebensgefährtin fragen.

Am nächsten Tag lud er Serdal zum Abendessen in ein Lokal ein, ich wurde gar nicht gefragt, ob ich mitkommen will und wartete wieder im Haus.

Es wurde November und kalt im Haus. Serdal besorgte einen Holzofen, der angenehme Wärme an den Winterabenden verbreitete. Das Holz holten wir aus dem Wald hinter den Häusern.

Ein paar Wochen vor Weihnachten kaufte Serdal einen kitschigen Christbaum, der unaufhaltsam blinkte. Wahrscheinlich wollte er meine Stimmung dadurch aufhellen, aber das ständige Blinken des Baumes machte mich noch nervöser. Ich ließ ihn jedoch in dem Glauben, dass er mir gefiel.

Während des Fernsehprogramms aßen Serdal, Filiz und ich wieder einmal billigen, abgepackten Schokoladenkuchen, den Serdal seit einigen Wochen bezahlte. Ich schnitt mir unbewusst, ungefähr einen Zentimeter mehr, also ein größeres Stück des Kuchens, ab. Dies hielt mir Serdal mindestens eine halbe Stunde vor, er beruhigte sich gar nicht mehr und murmelte noch einige Zeit vor sich hin. Sicherlich war es nicht gut gewesen, zu viel von dem Kuchen genommen zu haben, aber dieses überzogene

Verhalten seinerseits verstand ich nicht und ich fühlte mich gedemütigt. Selbst die Tochter verdächtigte mich eines Abends einen kleinen, abgepackten Kuchen zu viel gegessen zu haben und führte sich wie ein kleines Kind auf, dem man etwas weggenommen hatte. „Warum zeigen sie jetzt diese Verhaltensweisen? Ich hatte hier in den letzten zwei Jahren mein letztes Hemd gegeben und nun dieses Verhalten", dachte ich bitter. Ich ärgerte mich über die beiden und verlor die Beherrschung. Dann schwärmte ich ihm auch noch von meinem türkischen Bekannten aus München vor.

Plötzlich bekam ich Angst vor Serdal; ohne Geld fühlte ich mich ihm auf einmal ausgeliefert. „Muss ich jetzt, weil ich kein Geld mehr besitze, diese Erniedrigungen ertragen? Womöglich setzt er mich bei der nächsten Kleinigkeit noch auf die Straße", ging es mir durch den Kopf. Ich wurde kleinlaut, dass mir ganz gegen mein sonstiges Naturell widersprach.

Es war mittlerweile Dezember und Serdal hielt sich immer noch jeden Tag bei den Nachbarn auf. Ich kehrte niedergeschlagen und nachdenklich den Küchenboden. „Was mache ich überhaupt noch hier?", sagte ich halblaut vor mich hin. Das erste Mal verspürte ich einen leichten Anflug von Heimweh. Ich saß alleine und ohne Geld im Haus und er befand sich morgens bis abends bei den Nachbarn. Obwohl er dort Arbeiten verrichtete, fehlte uns trotzdem das Geld für die Miete. Das war keine Basis für mich, denn ich war nicht reich und als Ausländerin half mir in der Türkei keiner. „Eigentlich sollte ich meine Koffer packen und nach Deutschland fliegen, die vierteljährliche Ausreise steht sowieso bevor", überlegte ich.

Eine deutsche Nachbarin lief jeden Abend nach Geschäftsschluss mit ihrem türkischen Ehemann Hand in Hand an unserem Haus vorbei. Ich beneidete sie.

Abends ging ich das erste Mal gemeinsam mit Serdal zu den Nachbarn. Sie boten mir Rakı an. Ich vertrug nicht viel, denn ich hatte lange Zeit keinen Alkohol getrunken. Nach einem weiteren Glas hörte ich auf, der Rakı zeigte mittlerweile schon seine starke Wirkung. Wir gingen heim, doch dann suchte ich noch einmal die Nachbarn auf. Meine Belastungsgrenze war erreicht und ich wollte mich einmal über die Probleme wegen dem Geld und der Tochter aussprechen. Dies aber bereute ich am nächsten Tag, denn ich ahnte, dass die Nachbarn es als Verrat an Serdal angesehen hatten. Es bestätigte sich, denn die Nachbarn hielten wieder Abstand zu mir.

Am nächsten Morgen suchte ich den schwarzen Plastikbeutel neben dem Esstisch, aber er war ohne Geld unter der Spüle. Sicherlich war ich nicht mehr die Nüchternste gewesen, aber ich wusste trotzdem, dass ich den Beutel mit dem Geld neben den Küchentisch gestellt hatte. Serdal und Berhan waren extrem freundlich zu mir und wünschten mir einen schönen guten Morgen. Ich wunderte mich über diese übermäßige Freundlichkeit. Aber ich wusste noch alles, es befanden sich Geldscheine und Münzen in der Tüte, bevor ich zu Bett gegangen war. Mindestens zwei Wochen lang suchte ich noch im Haus nach dem Geld. Serdal suchte seltsamerweise nicht danach, er regte sich auch nicht auf, obwohl wir das Geld dringend gebraucht hätten, und sagte nur: „Vergiss endlich das Geld."
Vielleicht hatten ja sogar die Nachbarn mein Geld, nur um mich zu ärgern, auf die Seite gelegt. Doch es lag mir fern irgendjemanden zu verdächtigen. Vielleicht hatte ich das Geld doch verloren.

Serdal sprach auch nicht mehr mit mir über Arbeit und Geld oder über einen Plan, der unsere gemeinsame Zukunft betraf. Das alles besprach er jetzt nur noch mit Berhan, so wie damals Deniz nur noch mit seinem Kollegen über Probleme gesprochen hatte.

Diese ganze Situation ertrug ich nicht mehr. Meine Nerven lagen blank. Mittlerweile war ich an einem psychischen Tiefpunkt angekommen, der sich durch starke Depressionen äußerte. Mein inneres Gleichgewicht geriet komplett außer den Fugen. Wir waren schon öfter bezüglich der Miete in Zahlungsverzug gewesen, aber jetzt wussten wir kurz vor der Fälligkeit wieder nicht, von welchem Geld wir die Miete bezahlen sollten. Aber etwas Sicherheitsbedürfnis, zumindest was die Miete betraf, war bei mir vorhanden.

Nach mehreren Wochen Enthaltsamkeit trank ich abends Bier und geriet außer mir, denn ich war psychisch stark angeschlagen. Mein Geld war aufgebraucht und Serdal hielt sich weiterhin täglich mindestens zehn Stunden bei den Nachbarn auf. Was sich in den letzten Wochen in mir gestaut hatte, brach nun heraus; ich verlor die Kontrolle und schrie wie verrückt und das wurde mir zum „Verhängnis."

Am nächsten Morgen rief meine Mutter an. Serdal und die Nachbarn hatten nachts bei ihr angerufen und ihr mitgeteilt, sie hätten für mich kurzerhand telefonisch ein Flugticket nach München bestellt. Natürlich von dem Geld, dass ich ihm für die nächste Ausreise anvertraut hatte. Außerdem hatte der Nachbar meiner Mutter er-

zählt, ich hätte im betrunkenen Zustand Geld verloren. Ich hörte ihr zu und brach in hysterisches Gelächter aus und fühlte mich, als ob mir der Boden unter den Füßen weggezogen wurde. Der Nachbar stellte sich während des Telefonats mit meiner Mutter als Saubermann dar. „Er sprach mit mir wie ein Direktor", sagte sie mir am Handy.
„Der Nachbar, ein achtbarer Bürger, ja, ja. Sie sind Vollalkoholiker und er spaziert schon nachmittags betrunken an unserem Haus vorbei", sagte ich und lachte überreizt.
Unbeherrscht schrie ich Serdal an: „Was hast du gemacht?" Ich fühlte mich der Situation hilflos ausgeliefert und wusste, dass es keinen Weg mehr zurück gab.

In vier Tagen ging der Flug. Serdal verhielt sich so, als ob nichts gewesen wäre. Er machte sogar versöhnliche Annäherungsversuche und wollte mit mir Händchenhalten. Ich verbot ihm, mich anzufassen. „Wir schlafen nie wieder zusammen im Schlafzimmer", entgegnete ich gereizt.
Er meinte auch noch: „In der Zeit, in der du noch hier bist, machen wir es uns noch schön. Warum denn nicht ?"
Nach dieser nächtlichen Aktion mit diesen Nachbarn kam dies für mich überhaupt nicht mehr in Frage. Dieser Schritt war für mich un-

verzeihlich. „Ich hatte in Deutschland alles aufgegeben, ausgeholfen, meine Ersparnisse waren weg und dann kaufte er das Ticket und ich sollte mich in den drei Tagen vor meinem Abflug noch so verhalten, als ob nichts gewesen wäre", grübelte ich vor mich hin.

An einem ruhigen Sonntagnachmittag stand Serdal am Fenster und blickte nachdenklich in den Garten. Gedankenverloren sagte er zu mir: „Komm schau, wie das Gemüse wächst."
Er wirkte an manchen Tagen wie hin- und hergerissen.

Nach ein paar Tagen rief Serdal meine Mutter an: „Es ist doch alles so schön, das Haus, der Garten." Es schien, als schwanke er in seiner Entscheidung, mich wegzuschicken. Aber es war zu spät, zudem machte er keine Anstalten mich zu fragen, ob ich nicht doch noch hierbleiben würde. Das Ticket war angeblich bestellt und ich ließ mich innerlich darauf ein, wieder zurückzufliegen. Ich sagte nur, ich würde ihm das nie vergessen, dass er mit diesen Nachbarn hinter meinem Rücken meinen Flug veranlasst hatte. Ansonsten sprach ich das Thema bis zu dem Zeitpunkt meiner Abreise nicht mehr an.
„Na ja, er kennt jetzt diese Leute, die werden ihm bestimmt weiterhin helfen. Wahrscheinlich

werden sie ihm auch das Geld für seine Rente geben, sodass er bald einen Anspruch auf ständige Rentenzahlung bekommen wird", dachte ich.
Ich fragte mich, war der Anlass für das Bestellen des Flugtickets mein Theater gewesen oder weil ich kein Geld mehr besaß? Oder beides?"
Ich war genügsam und anspruchslos gewesen und hatte mich nie wegen meiner Person beklagt. Ich war nur ungehalten, wenn kein Geld für die Miete oder für die Elektrik vorhanden gewesen war. Wenn die Katzen nur armselige Reste bekamen, dann hatte ich auf Trockenfutter beharrt, das war alles. In Deutschland war ich nie reich gewesen und musste immer mit dem Geld jonglieren. Trotzdem war ich nicht geizig gewesen. Es hatte mir Freude bereitet für Serdal und seine Tochter Geschenke mitzubringen. In sozialen Angelegenheiten und brenzligen Situationen hatte ich die Krisenherde mit aufgesucht und vermittelt.
Natürlich wusste ich, dass ihm die Nachbarn jetzt willkommen waren. Trotzdem kam ich ins Grübeln: „Waren es doch meine emotionalen Ausbrüche gewesen? Es fielen oft scharfe und verletzende Worte meinerseits bezüglich des Geldes. Mit dem Thema Geld hatte ich bei ihm wahrscheinlich den wunden Punkt getroffen."
Ich versuchte mir noch klarer ein Urteil über

mich selbst zu bilden. Ich klagte mich an, gab mir die Schuld, aber nach kurzer Zeit sah ich mich wieder als Opfer der Verhältnisse und fühlte mich als Sündenbock.

Sechs Tage vor meinem Abflug sagte er: „Ich liebe dich, aber wir können nicht zusammenleben."

Einen Tag vor meinem Abflug sagte Berhan zu mir: „Hättest du noch Geld, würde dich Serdal nicht fliegen lassen." Ich wusste den wahren Grund nicht und weiß ihn bis heute nicht.

Dem bisschen Geld trauerte ich nicht nach. Dass ich die Türkei verlassen musste, war schlimm und düstere Gedanken beschlichen mich.

Vier Tage vor der Abreise saßen Berhan, Serdal und ich im Salon der Villa. Ich fragte Serdal, ob er mir helfen würde, Freddy nach Deutschland zu bringen. Er schaute mich von oben herab an und sagte herablassend: „Warum ich, ich doch nicht, das macht Berhan. Die Transportbox kostet immerhin Geld." Von Neuem war ich über das eiskalte Verhalten sprachlos. Wieder dachte ich an die zwei Jahre, die ich geholfen hatte und ärgerte mich maßlos. Ich erwiderte daraufhin nichts und sah hilflos vor mich hin.

Mir diese Bitte wegen Freddy abzuschlagen, war zu viel für mich. Dies und die demütigenden Geschichten mit dem Kuchen waren für mich beunruhigender als das ausgegebene Geld, dem ich nicht sehr nachtrauerte.

Die Situation im Haus war derart beklemmend und ich fühlte mich ausgesprochen unwohl, sodass ich in dieser Weltuntergangsstimmung in den letzten drei Tagen wie versteinert im Wohnzimmer saß. Geld für eine Pension brachte ich nicht mehr auf und von Freddy wollte ich mich nicht trennen.
Ich versuchte mir einzureden, dass es sowieso besser für mich sei in Deutschland zu sein, als weiterhin diese Situation zu ertragen.

Am vorletzten Tag verabschiedete er sich mit seiner Tochter im Salon aus fünf Meter Entfernung und sagte: „Wir haben nichts falsch gemacht, außer dass wir kein Geld hatten."

Am Tag vor meiner Reise saß ich apathisch im Sessel und packte mit mehreren Pausen meinen Koffer.

Ali Ahmed, mein türkischer Bekannter aus München rief mich an und bot mir an, bei ihm zu wohnen. „Ja, sehr gut, bis ich eine Wohnung gefunden habe", sagte ich dankbar.

Am Morgen meiner Abreise packte ich aus Wut noch den Receiver in den zum Rand überfüllten Koffer mit ein. Mehrere Sachen musste ich sowieso zurücklassen.

Freddy, Ezgi und Sissy beobachteten mich; im Garten saßen die Straßenkatzen. Es brach mir das Herz, vor allen Dingen wegen meinem Freddy-Emre, den ich jetzt hier lassen musste. Kurz vor dem Verlassen des Hauses, drückte ich ihn noch einmal ganz fest und versprach ihm, ihn bald nachzuholen. Freddy verlassen zu müssen, war schwer für mich, wesentlich schlimmer als der Verlust von Serdal.

Die Minuten verstrichen blitzschnell und der Moment war gekommen: Ich musste aufbrechen! Es war ein kalter, regnerischer Dezembervormittag und der bleigraue Himmel war verhangen und so düster wie meine Stimmung.

Berhan schleppte die schweren Koffer zum Bus und wir verabschiedeten uns.

Es stand jetzt unverrückbar fest, dass ich nach Deutschland fliegen musste. Ich blickte noch einmal schwermütig zum Haus zurück. Die Straßenkatzen und vor allen Dingen, Freddy zurücklassen zu müssen, zerriss mir das Herz.

Fröstelnd stieg ich in den Bus und fuhr Richtung Flughafen. Als die Villa verschwand, wurde mir wehmütig ums Herz.

Im Bus rief ich mit versteckter Nummer bei Serdal an, denn ich wollte nur wissen, ob er

den Anruf annahm, danach hätte ich wieder aufgelegt. Aber sein Handy war ausgeschaltet.
Tief in Gedanken versunken, blickte ich unglücklich durch das Busfenster auf den menschenleeren Strand. Das Wasser war aufgewühlt und die Palmen schwankten im Wind. Es waren nur noch wenige Touristen unterwegs. Die vorüberziehende Landschaft nahm ich kaum wahr.

Am Flughafen in München holte mich Ali Ahmed und sein Freund Emre mit dem Auto ab. In München war es bitterkalt und es lag hoher Schnee auf den Straßen. Ali Ahmed hatte mir schon am Telefon in Konaklı versprochen, dass ich bei ihm wohnen kann.
Zu meinen Freunden sagte ich entschlossen: „Alanya sieht mich nie mehr!"

Ich war mir sicher, Serdal würde sich bald melden und mich beten, zurückzukommen. Erst Silvester schrieb er eine SMS und wünschte mir ein schönes neues Jahr, dummerweise ich ihm auch. Dann meldete er sich erst wieder nach zehn Tagen und sprach verzweifelt ins Telefon: „Komm schnell, schnell komm!" Ich schrieb über das Handy: „Ich habe nur noch Geld für Freddy's Flug nach Deutschland." Danach war die Verbindung unterbrochen.

Nach einem Monat fand ich in München eine 3-Zimmer-Altbauwohnung, genau das Richtige für mich und Freddy.

Nach acht Wochen holten wir Freddy vom Flughafen ab. Ich war aufgeregt und konnte es nicht fassen, dass ich ihn bald sehen würde. Dann sah ich eine Frau mit zwei Transportboxen. Ich rannte auf sie zu und schrie laut: „Freddy, Freddy!" Die Leute beobachteten mich mit großer Verwunderung. Freddy saß geistesabwesend in der Box, sein Speichel lief ihm aus dem Mund. Er war durch die Aufregung nicht ansprechbar und schaute mich nicht an. Es war ihm bestimmt übel, aber er war endlich da und ich überglücklich. Am Abend und in der Nacht inspizierte er stundenlang alle Räume.

Freddy befand sich mittlerweile schon drei Monate in Deutschland, als ich mir gerade eine Sendung über Istanbul ansah. Während Freddy im Sessel schlief, sang der Imam. Er hörte ihn und schaute sich mit großen Augen verdutzt um. Er hatte sich an den Gesang erinnert.

Dennoch litt ich in München, denn ich fühlte mich in der neuen Wohnung einsam und vor allen Dingen vermisste ich die Türkei. Etliche Male wollte ich Hals über Kopf mit dem nächsten Flugzeug nach Alanya fliegen, aber das Geld fehlte mir hierfür. In den schlaflosen Nächten

stellte ich mir Alanya mit all seinen Plätzen vor und ließ wieder alle Erlebnisse Revue passieren.
In München fühlte ich mich fremd und heftige Verzweiflung überkam mich; ich hatte das Gefühl zu ersticken. Rückblickend war es in der Türkei trotz aller Schwierigkeiten bunter, spannender und abwechslungsreicher gewesen.

Meine Gedanken beschäftigen sich hauptsächlich mit Alanya. Beim Betrachten der mitgebrachten Ansichtskarten von Alanya überfiel mich die quälende Sehnsucht, dort zu sein.

Trotz der aufregenden Erlebnisse fand ich die Männer in der Türkei leidenschaftlicher und interessanter. Der Familiensinn war ausgeprägter und den Zusammenhalt untereinander hatte ich stärker erlebt. Und mir fehlte das Beisammensitzen mit Nachbarn oder Bekannten.
Ich beneidete die Leute, die in Alanya eine Wohnung oder ein Haus besaßen und dort leben konnten.
In Deutschland führte ich ein zurückgezogenes Leben. Mein einziges Ziel war in Alanya zu leben. Aber es war ein aussichtsloses Unterfangen, diesen Wunsch in die Wirklichkeit umzusetzen. Ich befand mich in einer ständigen Unruhe, da ich keine Lösung fand, in Alanya zu leben. Dort hatte ich wesentlich mehr aufregende

Momente erlebt als in den ganzen vierzig Jahren in Deutschland. Die Erinnerungen ließen mich nicht los. Ständig sah ich die Katzen, Straßen, Grünanlagen, Arbeitsplätze und das Haus in Konaklı vor mir. Ich hörte türkische Musik, aber auch das brachte mich der Türkei nicht sehr viel näher. Hin und wieder dachte ich schon Türkisch.

Mein Zustand spitzte sich derart zu, sodass ich für mehrere Wochen ins Krankenhaus musste.

Eines Abends bekam ich von Serdals Handy eine SMS in schlechtem Deutsch: „Ich möchte bei dir sein." Ich schrieb zurück: „Wohnst du noch in der Villa?" Zu ihm geflogen, wäre ich nie wieder, ich wollte lediglich wissen, ob er noch dort wohnt. „Was geht dich das an, wo ich wohne, ich frage dich auch nicht, wo du wohnst", schrieb er zurück. Wie sich herausstellte, war die erste SMS nicht von Serdal, sondern von seiner Tochter geschrieben worden.

Meine einzige Abwechslung und Freude in den folgenden drei Jahren waren meine Besuche bei Ali Ahmed, dem einzigen guten türkischen Freund in München. Ich blieb jedes Wochenende von Samstag bis Sonntag dort. In seiner Wohnung erlebte ich für vierundzwanzig Stunden türkische Kultur. Ali Ahmed konnte wie die Vorbeter in den Moscheen zum Gebet aufrufen. Er kochte türkisch und ich tauchte durch das Fernsehen wieder in die türkische Welt ein; das deutsche Fernsehen interessierte mich nicht mehr. Meine Lieblingssendungen waren die Tuncer Show und Kimse yok mu. Aber auch die Serien im Kanal Samanyolu sah ich mir manchmal an.

Die Erinnerungen an Alanya, an die Katzen, das Haus in Konaklı, die Straßen und idyllischen Plätze ließen mich in den drei Jahren an fast keinem Tag los. Meine Gedanken kreisten ausschließlich um Alanya. Alanya – so nah und doch so fern! Ich hatte dort unvergessliche Momente erlebt. Denn es gab auch sehr viele glückliche Augenblicke, auch mit den beiden Männern.
Alles in allem war die Türkei immer voller Überraschungen gewesen.
Während meiner intensiven Tagträume, kam es mir manchmal so vor, als ob ich mich tatsächlich dort befand. Auf den Straßen in München oder auch vor dem Fernseher hatte ich Assoziationen und befand mich mitten in Alanya. Ich fühlte mich in München ruhelos und eingesperrt wie in einem Gefängnis. Ich malte mir in meiner Phantasie aus, wie ich Tierschutz betreiben könnte und wo ich in Alanya wohnen würde, ich

hatte ja in genügend Wohnungen dort gewohnt. Die Wohnung am Berg mit dem Zitronenbaum vor dem Balkon gefiel mir besonders gut. Alles, selbst die kleinsten Begebenheiten von Alanya kehrten beinahe tagtäglich in mein Gedächtnis zurück. Wenn ich in München Flugzeuge am grauen Himmel Richtung Süden fliegen sah, dachte ich: „Sie fliegen vielleicht nach Antalya, wie gerne würde ich jetzt mitfliegen."

Mein Traum in Alanya zu wohnen und dort Tierhilfe betreiben zu können, würde nie in Erfüllung gehen. Das wusste ich, denn die finanziellen Mittel hierfür fehlten. In der Türkei zu leben, war nach wie vor ein weit entfernter Traum für mich, doch ich war wie besessen von Alanya. Die Überlegungen, von was ich in Alanya leben könnte, wurden zu einer unlösbaren Aufgabe.

So vergingen drei Jahre, ohne dass ich fast keinen Tag ausließ, an Alanya zu denken.

Fünftes Kapitel

STÄNDIGE SEHNSUCHT

Im Herbst 2008 flog ich in gehobener Stimmung nach drei Jahren Alanya-Pause endlich wieder in meine geliebte Türkei. Als das Flugzeug zum Flug ansetzte, betete meine Sitznachbarin zu Allah.
Als wir uns über Griechenland befanden, wurde ich langsam nervös, da ich keine Unterkunft gebucht hatte. Ich hoffte auf gut Glück in dem Apart Otel, in dem ich mit Serdal und Filiz gewohnt hatte, ein Zimmer zu bekommen. „In Alanya würde ich erst gegen 23 Uhr sein", schätzte ich. Ich wusste ja nicht, ob das Apart Otel überhaupt noch existiert. Aber die Hauptsaison war vorüber und es dürfte nicht schwierig sein, ein Zimmer zu bekommen, hoffte ich. Auf dem Gang neben mir, fiel mir ein Türke mittleren Alters auf. Er war außergewöhnlich gekleidet und sah wie ein Künstler aus. Mir war langweilig und ich fing ein Gespräch mit ihm an. Dann sagte er zu mir: „Ich bin Schauspieler und habe ein paar Rollen in verschiedenen Serien."

Er fuhr nach Kemer, in die entgegengesetzte Richtung von Alanya ins Haus seiner Schwester, sonst hätte er mich mit dem Auto seines Freundes mitgenommen. Kurz vor der Landung gab er mir seine Handy-Nummern und seine E-Mail-Adresse. Am Flughafen begleitete er mich bis vor die Tür. Wir verabschiedeten uns und er sagte zu mir: „Falls du in Schwierigkeiten steckst, melde dich bei mir, ich habe eine gute Freundin in Alanya."

Diesmal holte mich niemand vom Flughafen ab und in Alanya wurde ich nicht erwartet.
Neben der Fernstraße D 400, in der Nähe des Flughafens, befand sich jetzt eine Busstation, deren Busse stündlich hielten. Die Küste kam näher und meine Aufregung wuchs.
Nach eineinhalb Stunden sah ich die Villa in Konaklı. Ein Fenster im ersten Stock war erleuchtet. „Serdal wohnt bestimmt noch in dem Haus, das er nur mit mir zusammen bekommen hatte und das ich mit eingerichtet hatte", sann ich grimmig nach.
Meine Unruhe wegen der Ungewissheit der Unterkunft stieg, denn es war mittlerweile kurz vor 22 Uhr. Endlich tauchten die Lichter der stimmungsvoll erleuchteten Burg von Alanya auf.
In Alanya angekommen, stieg ich in den überfüllten Dolmuş ein. Diesmal gefiel mir gar nichts. Ich stand neben mir und es war mir gar

nicht bewusst, dass ich nun endlich wieder in der Türkei war.
Dann sah ich die Straße, in der ich das Apart Otel vermutete und zwängte mich mit meinem Koffer durch das Knäuel von Menschen im Dolmuş. Der Bus blieb bei der Station nicht stehen, hielt dann aber doch durch mein lautes Rufen. Vor dem ehemaligen Apart Otel stehend, las ich auf dem Schild: Privatschule. Es war bereits 23.30 Uhr und mir war mulmig zumute. Ich ging um die Ecke und fragte im Empfangsraum des gegenüberliegenden Hotels nach den Unterkunftskosten, doch der Hotelbesitzer ignorierte mich und gab mir keine Antwort. Eine Frau, die ihre Stickereien vor dem Hotel feilbot, kam freundlich auf mich zu und erklärte mir, sie habe einen Bekannten, der ein paar Schritte weiter eine Pension betreibe. Sie rief dort an und nach kurzer Zeit erschien der Rezeptionist. Wir verhandelten auf der Straße den Preis des Zimmers aus und nach einigem Hin und Her – ich sprach von Euro, er von Lira – willigte ich ein.
In der Pension angelangt, führte er mich in ein acht Quadratmeter großes Zimmer ohne Balkon. Ich hatte in der Stadt gewohnt und gearbeitet, Einheimische gekannt und kam mir nun in dieser Gefängniszelle ausgesprochen erbärmlich vor.

Am nächsten Tag wollte ich mir eine andere Pension suchen. In der sengenden Sonne begab ich mich auf die Suche nach einem ebenso billigen Quartier, doch das gestaltete sich schwierig.

Nach zwei Tagen beschloss ich, doch in der Unterkunft zu bleiben, allerdings wollte ich ein größeres Zimmer mit Balkon, das auf meinen Geldbeutel zugeschnitten war. Der Chef sicherte mir zu, dass ich am nächsten Tag das Zimmer wechseln könne.

Nachdem dies geklärt war, suchte ich das Restaurant in der Nähe des Öğretmenler Lokalı auf, in dem ich mir einen leckeren Dürüm Döner bestellte.

Am nächsten Morgen zog ich tatsächlich in ein doppelt so großes Zimmer mit Balkon, wieder mit schönem Stuck und Fernseher und zum gleichen Preis. Hier konnte ich mich wenigstens bewegen. Die Zimmer waren alle einfach, aber geschmackvoll eingerichtet. In der Pension wohnten nur türkische Geschäftsleute und Saisonarbeiter. Der Keykubat-Strand lag nur einige Minuten zu Fuß entfernt. Das Hotel befand sich in einer typischen Touristenstraße mit Boutiquen, Geschäften für Badeutensilien und Lokalen für Touristen. Fröhliche Urlauber mit bunter Freizeitkleidung spazierten in den sonnenhellen Straßen an mir vorbei oder lagen an den

Pool-Anlagen. Shopping kam auch dieses Mal nicht für mich in Frage, denn ich gab mein weniges Geld für Katzenfutter aus.
Wohl fühlte ich mich hier nicht, ich war nicht ansässig, noch sah ich mich als Touristin. Ich hatte jedoch einen netten jungen türkischen Zimmernachbarn. Wir machten uns ein paar Mal Salat in der Pensionsküche und aßen auf der Terrasse.

Abends ab 20 Uhr verbrachte ich meine Zeit im Zimmer. In der Stimmung Touristenlokale aufzusuchen, war ich nicht. Auch jetzt war ich nicht in Ferienlaune und richtige Entspannung stellte sich nicht ein, denn ich wollte hier wohnen. Einmal täglich ging ich ums Eck, um Çay zu trinken. Auf der Terrasse des Lokals mit den niedrigen Holzstühlen mit Bastgeflecht und den Pflanzenkübeln in den Eimern fühlte ich mich wohl.

Auf der Terrasse der Pension erzählte mir mein Nachbar, dass das Personal und der Chef über uns reden würden. Zuerst wollte er nicht darüber sprechen, aber ich drängte darauf, den Inhalt des Geredes zu erfahren. Sie hatten ihn angesprochen und vermuteten, ich würde ihn für Sex bezahlen. Ich war erbost! „Sehe ich denn tatsächlich schon so alt oder hässlich aus, weil sie mutmaßten, ich würde für Sex be-

zahlen? Normalerweise schätzt man mich jünger, auf höchstens Anfang vierzig. Ich bezahle hier Unterkunftskosten und dann wird einem noch übel nachgeredet", dachte ich verärgert. Am liebsten hätte ich die Unterkunft gewechselt, aber die Pension war günstig.
Abends sprach ich den Rezeptionisten an: „Was reden Sie? Es findet kein Sex statt", sagte ich erzürnt.
Er lächelte und meinte: „Ach nein, wir tratschen nicht." Ich ärgerte mich noch einige Tage und ignorierte das Personal. Sie waren weiterhin freundlich und es war mir jetzt egal, was sie dachten. „Längst müssen sie erkannt haben, dass ihre dämlichen Vermutungen nicht stimmen und selbst wenn sie es glauben – egal. Wenn sie diese schmutzige Fantasie haben, ist das ihr Problem", dachte ich.

Ein paar Tage später lief ich am Musikbüro vorbei. Ich sah Deniz mit einem Kollegen davor sitzen und lief mit erhobenem Kopf vorbei. Er spielte Geige und als er mich sah, spielte er besonders laut, um auf sich aufmerksam zu machen. Aber ich lief ohne ihn zu beachten zu meiner Pension.

Das Zimmer der Pension lag zur Straße hinaus und so konnte ich eine Katzenfamilie vom Balkon aus beobachten. Sobald ich eine Katze oder die ganze Familie erblickte, ging ich mit Trockenfutter auf die Straße und fütterte sie. Im Zimmer fand ich keine Ruhe, denn ich lief immer wieder auf den Balkon, um zu sehen, ob die Katzenfamilie wartet. Mittlerweile kannten sie mich schon und kamen mir aufgeregt entgegen. Ein Mieter, der in dem Haus wohnte, vor dem sich immer die Katzenfamilie aufhielt, beobachtete mich mit feindseligem Blick und schüttelte den Kopf. Der Pensionsbesitzer von nebenan winkte mir, bot mir einen Stuhl an und gab mir zu verstehen, dass ich die Tiere hier füttern könne.

Am nächsten Tag war ich acht Stunden unterwegs. In den Geschäften und Lokalen herrschte Hochbetrieb. Alanya hatte sich verändert, ich bemerkte viele neue Geschäfte und Hotels.
Ich lief bis zum Anfang von Alanya und stieg den Berg empor zu dem Haus, indem ich anfänglich mit Deniz gewohnt hatte. Unterhalb des Hauses standen jetzt mehrere mondäne, weiße Luxusapartments mit Rundbalkons.
Ich suchte wieder die altvertrauten Straßen, meine früheren Arbeitsstellen und die mir bekannten Plätze auf.

Für einen Papagei im Käfig vor einem Geschäft, befestigte ich ein Salatblatt am Gitter. Ich war glücklich wieder in meiner Türkei zu sein.

In einer deutschen Boulevard-Zeitung las ich vom Tod Thomas Dörfleins – dem Tierpfleger von Knut.

Ich besuchte das Atatürk-Museum in der Azaklar Sokak im Viertel Şekerhane. Es waren persönliche Sachen Atatürks ausgestellt und im zweiten Stock konnte man ethnografische Werke aus der Gegend betrachten.

In einem Restaurant an der Post lernte ich einen netten, verheirateten Ober, der perfekt Deutsch sprach, kennen. Nach ein paar Tagen besuchte ich ihn und seine Frau in der Altstadt. Sie besaßen wenig Geld und wohnten mit ihrem Sohn in einem Zimmer, das Wohn- und Schlafzimmer gleichzeitig war.
Als ich heimlief lag ein Gewitter in der Luft. Der Himmel verdunkelte sich und nach ein paar Minuten kam ein kräftiger Wolkenbruch herunter, der für Abkühlung sorgte. Nach den heftigen Regengüssen war der Laden in der Nähe meiner Unterkunft überschwemmt, sodass die Feuerwehr das Wasser abpumpen musste.

Ein paar Tage darauf wollte ich mittags Geld von der Bank abheben. Ich warf auf der Strandseite einen Blick auf einen Geldautomaten. Ein Mann, der hinter mir herlief, holte mich ein und erklärte mir, dass die Automaten nicht funktionieren würden und lotste mich zu einer Bank am Hafen, die ich von früher her kannte. Dann war der Mann verschwunden. Dicht hinter mir stand ein weiterer Mann, der aufdringlich auf die Zahlentastatur starrte, sodass ich die Tastatur mit meinem Rücken verdeckte. Ich gab meine Karte und die Pin-Nummer ein, doch ich konnte die türkische Schrift nicht übersetzen und plötzlich zog der Automat wieder meine Karte ein. Dann war auch dieser Mann verschwunden. Zwei Frauen standen links von mir und ich versuchte ihnen mein Problem zu schildern, aber die eine sagte nur: „Die Bank ist drei Tage wegen Ramazan Bayramı, dem Ramadanfest, geschlossen und wird erst am Freitag wieder geöffnet."

„Geschlossen?", fragte ich ungläubig. „Und das drei Tage?" Verwirrt blieb ich vor dem Automaten stehen; zwei andere jüngere Männer lachten über mich. Verstört lief ich durch die Straßen und wusste nicht, an wen ich mich wenden soll.

Die Straßenhändler verkauften Simits, ich verspürte Hunger und hatte in dem hochsommerlichen Wetter rasenden Durst. In meiner

Handtasche befanden sich nur noch sieben Zigaretten und eine Lira. Ein Stück Ekmek befand sich noch auf dem Bett meines Zimmers. Auf einer Bank im Schatten der Bäume überlegte ich fieberhaft, was zu tun sei. Eine fröhliche, norwegische Touristengruppe fragte mich nach dem Weg zur Burg.

Im Viertel Damlataş in der Nähe des Tennisplatzes ging ich in ein Lokal und schilderte einem Deutsch sprechenden Garson mein Problem. Er fragte mich: „Hast du Hunger?" Ich bejahte, denn ich war entsetzlich hungrig und meine Kehle war trocken. Er setzte mir einen großen Teller mit Putenfleisch, Reis und Salat vor und ich aß hastig den Teller leer und trank Limonade dazu. Ich versprach dem hilfsbereiten Kellner, die Rechnung später zu begleichen. Ich erzählte ihm die Geschichte und er meinte: „Die Polizei wird dir nicht helfen können, ich kenne solche Probleme. Du kannst bis Ende des Ramadan hier umsonst essen und trinken." Aber das wollte ich nicht.
Es war Feiertag, der erste Tag des Ramadan, die Geschäfte hatten geschlossen und Einheimische schlenderten festlich angezogen auf den Straßen entlang.
Ich suchte das Tourismus-Informationsbüro in der Damlataş Caddesi auf. Aber es war wegen Ramadan ebenfalls geschlossen. Im Stech-

schritt lief ich die Damlataş Caddesi entlang und erklärte mein Problem einem Polizisten, der vor einem Taxistand saß. Der verwies mich zur Polizeistation in der Nähe des Hafens.
Völlig aufgelöst kam ich dort an. Ich sprach auf fünf Polizisten, die im Garten saßen, aufgeregt und außer Atem ein: „Ein Geldautomat hat meine Bankkarte verschluckt. Ich habe im Moment kein Geld mehr und es ist für mich unmöglich drei Tage bis zum Ende des Ramadanfestes zu warten. Können Sie mir helfen?" Doch die Polizisten lachten nur über mich. Außer Rand und Band schrie ich: „Gülme! Lach nicht!", aber sie grinsten nur. Mein Türkisch ließ mich jetzt vollkommen im Stich. Einer der Polizisten ging mit mir in den Innenraum der Polizeistation. Der Polizist nahm mein Problem ernst. Er rief den Notdienst der Bank an und ich sprach mit einer Angestellten. Wir sprachen Englisch. Sie versuchte per Computer meine Karte zu finden, aber sie fand sie nicht: „Sie müssen bis Freitag warten."
Ich hatte hier keinen Kontakt mehr zu früheren Bekannten und zog kurz in Erwägung, den Tierarzt aufzusuchen oder den Schauspieler aus dem Flugzeug anzurufen, doch schnell wischte ich diesen Gedanken fort.
In Windeseile lief ich zum Hafen und hoffte, meinen früheren Trauzeugen Jonny anzutreffen, der früher auf einem Boot gearbeitet hatte.

Die freundlichen Bootsarbeiter erklärten mir, dass Jonny schon seit langem nicht mehr am Hafen arbeitet. Einer begleitete mich zur Bank, aber auch er war ratlos. Ich dankte ihm und er ging wieder Richtung Hafen.

Es war mittlerweile Nachmittag und es trat keine Kühlung ein. Ich nahm die Abkürzung durch den Autoscooter-Platz und lief kraftlos Richtung Pension. Ich duschte kalt, setzte mich danach auf das Bett und aß das Stück Ekmek. Abends kam mein Zimmernachbar nach Hause und ich erzählte ihm die Vorfälle. Ohne Zögern griff er nach seinem Geldbeutel und überreichte mir 20 Lira. Ich war glücklich, denn die nächsten drei Tage waren zumindest mit Zigaretten und etwas Essen gesichert. Ich versicherte ihm, das Geld bald zurückzugeben.
Vier Häuser weiter kannte ich zwei türkische Männer, die ein kleines Lokal betrieben und perfekt Deutsch sprachen. Ich wiederholte meine Geschichte und sie boten mir an, dass ich drei Tage bei Ihnen umsonst essen könne. Ob das in Deutschland auch möglich gewesen wäre? Ich bestellte sofort einen Dürüm Döner. Jetzt war ich wenigstens satt und etwas erleichtert, aber wohl in dieser Situation fühlte ich mich nicht. Ich wollte nicht, dass der Wirt dach-

te, ich sei eine Zechprellerin. Am Nebentisch saßen unbeschwerte, ausgelassene, holländische Touristen. Ich dankte Sinan und versprach ihm, die Rechnung bald zu begleichen.

Freitag Punkt 9 Uhr betrat ich die Bank und sah schon von weitem, wie der Bankangestellte meine Bankkarte in den Händen hielt. Ich wies mich aus und er händigte mir meine Karte aus. Bei einer Bank in der Innenstadt stellte ich mich hinter eine Warteschlange. Zusammen mit einigen deutschen Touristen wartete ich, bis die Automaten mit Geldscheinen gefüllt waren, denn während des Ramadan hoben viele Leute Geld ab. Ich erzählte einem Ehepaar kurz meine Geschichte mit der Bankkarte. Als der Geldautomat funktionierte, ließen sie mich zuerst an den Automaten, denn ich wollte nun endlich meine 400 Euro abheben. Doch weit gefehlt, auf dem Monitor stand: Wir können Ihnen im Moment nicht helfen. Dies wiederholte sich noch drei Mal. Ich schwitzte, bekam Angst und beobachtete die Touristen, wie sie dem Automaten Geld entnahmen. „Warum klappt es bei mir nicht?", fragte ich mich entmutigt. Ich war ratlos, denn alle erhielten Geld, nur ich nicht. Ein anderer deutscher Mann bekam allerdings ebenso nichts. Ich dachte an einen Fehler im Geldautomaten und probierte es noch vier Mal, aber es war sinnlos.

Unten in der Halle verwies man mich an eine Service-Mitarbeiterin, die mir jedoch auch nicht helfen konnte. Ich war außer mir, denn dreieinhalb Tage ohne Geld waren genug. Drei Tage hatte ich mich einigermaßen gut durchgeschlagen, jetzt aber benötigte ich Geld aus Deutschland. Die Angestellte erlaubte mir kostenlos mit der Sparkasse in München zu telefonieren, aber es war nur der Anrufbeantworter eingeschaltet. Ich wunderte mich und rief nun meine Cousine, eine ehemalige Bankangestellte, an und bat sie mir Geld zu schicken. Sie erklärte mir: „In Deutschland ist heute Feiertag, der 3. Oktober, Tag der Deutschen Einheit." Mittlerweile lagen meine Nerven blank. Meine Cousine riet mir, es bei weiteren Banken zu probieren.
Punkt 12 Uhr nachts versuchte ich noch einmal Geld abzuheben, doch wieder ohne Erfolg.
Gegenüber beim PPT-Postoffice versuchte ich es noch einmal, doch dort wurde die Karte eingezogen. Es war Horror, ich war in der Türkei und besaß keinen Euro mehr.„Warum erlebe ich ständig Katastrophen, bin ich ein schlechter Mensch und muss für etwas büßen? Kein Wunder, dass meine Nerven nicht mehr die besten sind", sann ich nach.
Am Abend bat ich meine Cousine darum, mir Geld über Western Union zu überweisen. Am nächsten Morgen wartete ich neben dem Lokal

beim PTT und wartete auf die Überweisung. Nach kurzer Zeit händigte mir der Postbeamte das Geld aus und ich setzte mich wieder in das Lokal hinter der Post. Mit Erkan unterhielt ich mich über die armen Katzen in Alanya. Hinter dem Lokal entdeckte ich eine todkranke Katze. Ich sprang auf und rannte zu ihr. Sie konnte sich nicht mehr fortbewegen, ihr schmutziges Fell, auf dem sich Fliegen befanden, entfernte ich mit meinem Kamm.

Im Besitz des Geldes ging es mir besser, aber meine Freude darüber, war wegen der sterbenden Katze getrübt. Erkan sagte, dass der Ladenbesitzer jeden Moment kommen müsse, er kümmert sich hier um sämtliche Katzen. Wir warteten und dann kam er mit schwarzer Motorradkluft und düsterem Gesicht auf seinem Motorrad angefahren. Wir rannten sofort auf ihn zu. Er packte die Katze aufs Motorrad und fuhr zu meinem früheren Chef. Ich rannte von der Post in die Tierklinik. Jetzt sah ich endlich wieder die Veteriner Kliniği, in der es mir so gut gefallen hatte. Mein früherer Chef erkannte mich sofort wieder und fragte mich, ob ich in Alanya arbeite. Der Ladenbesitzer und meine frühere Kollegin waren ebenso da. Die Katze lag schon mit einer Infusion auf dem Tisch, sie hatte etwas Falsches gefressen und sollte drei Tage dort verbringen. Später erfuhr ich, dass sie am gleichen Tag gestorben war.

Anschließend ging ich wieder zu dem Ladenbesitzer. Vor seinem Geschäft standen Regale für Katzen, auf denen sich Trockenfutter, Wasser und verdünnte Milch befand. Kranke Katzen brachte er auf der Stelle zum Tierarzt. Er hatte vierzehn Jahre in München gelebt und zwar in der gleichen Straße, in der ich mehrere Jahre gewohnt hatte. Ich war verzückt über die Fürsorge des Mannes bezüglich der Katzen.
Eine kleine, kranke Katze, die ihre Mutter nicht mehr fand, fraß aus den Schälchen vor dem Laden. Sie hatte dort mittlerweile schon Katzenfreunde gefunden und spazierte im Geschäft ein und aus. Ich war beruhigt. Als sie das alte Putzwasser auf der Straße trinken wollte, musste ich sie jedes Mal verscheuchen, denn ein neuer Rückfall hätte sie vielleicht ganz niedergestreckt.

Am Tag meiner Abreise lief ich noch einmal zu Erkan in das Lokal und verabschiedete mich. Schließlich wurde es für mich Zeit zum Otogar zu laufen. Erkan wollte mir Geld für den Bus geben, aber ich lehnte ab, weil ich noch ein Stück durch Alanya laufen wollte. Ich stand auf und machte mich auf den Weg zur Bushaltestelle. Wir verabschiedeten uns und ich versprach ihm, aus Deutschland zu schreiben.
Ich ging langsam, um alles bewusst wahrzunehmen. Ich genoss die Gerüche und Geräu-

sche ringsum und ließ mir Zeit, um Gärten und Häuser zu betrachten. Bei einem besonders schönen alten Haus, dessen Balkons von blühenden Topfpflanzen überquoll und das ich schon öfter bewundert hatte, hielt ich inne und schaute auf das grüne Dach mit den Weinblättern. „Hier ist doch mein Zuhause, hier habe ich ein ganz anderes Lebensgefühl als in Deutschland. Irgendwann werde ich in Alanya, in meiner wirklichen Heimat wohnen. Inşallah", dachte ich im Otobüs und sog noch einmal die letzten Eindrücke ein.

Am Otogar angekommen, kaufte ich mir von meinen letzten Lira Linsensuppe. Dann stieg ich in den Bus und setzte mich auf die rechte Seite, da ich das Haus in Konaklı noch einmal im Tageslicht sehen wollte. „Schade", dachte ich wieder verbittert. „Ich könnte auch jetzt noch dort wohnen, aber ohne Serdal und natürlich mit genügend Geld."

Aus Geldmangel lief ich wieder von der Bushaltestelle zum Flughafen. Unterwegs pickte mich ein Reiseleiter auf und setzte mich leider am falschen Terminal ab und so musste ich in der prallen Sonne noch einmal eine halbe Stunde zum anderen Terminal laufen. Zum Glück flog die Maschine mit einer Stunde Verspätung los.

Am Flughafen erwartete mich meine Cousine mit ihrer Tochter. Ich ging meine Post durch und las eine Zahlungserinnerung meines Vermieters, der mich wegen meiner Miete für diesen Monat mahnte. Um 23 Uhr ging ich zur Bank, um die Kontoauszüge abzuholen, doch die Karte wurde sofort eingezogen. Ich bekam wacklige Beine.

Punkt 9 Uhr am nächsten Morgen war ich am Service-Schalter in der Bank. Man holte die Karte heraus und verwies mich auf einen anderen Mitarbeiter. Der zeigte mir ein einziges Blatt mit zwölf Abhebungen, die natürlich nicht von mir waren. Ich war außer Rand und Band und drosselte etwas meine Stimme, denn die Leute beobachteten mich bereits. Der Bankangestellte füllte mit mir ein Formular aus, in dem ich alle Tätigkeiten in und an den Banken beschrieb. Ich dachte: „Jetzt habe ich auch noch Schulden." Aber es wurde mir gesagt, die Bank sei gegen so etwas versichert. Ich war immer noch entsetzt, aber erst einmal erleichtert. Die Karte war in der Türkei entweder in Automaten oder in meiner Handtasche, wie konnte man so Geld abheben? Der Bankangestellte sagte mir: „Solche Geschichten passieren in jedem Land, nicht nur in der Türkei." Ich musste zur Polizei und Anzeige erstatten. Ich war so durcheinander, dass ich mir ein Taxi bestellte. Auf dem Dach des Taxis befand sich ein großes Reklameschild. Darauf stand: Türkei. Ich sah rot.

Auf der Polizeistation erzählte ich dem Polizisten am Empfang die Geschichte, der wiederum meinte argwöhnisch: „Das sieht nicht nach einer Straftat aus, es wurden ja nur kleine Beträge abgehoben. Das können auch Sie gewesen sein!" Hilflos und wütend dachte ich: „Was fällt diesem selbstgefälligen Beamten eigentlich ein!" Er hatte nur oberflächlich auf den Ausdruck gesehen und erkannte gar nicht, dass an den Tagen bis zu sechs Mal Geld abgehoben wurde. Die zuständige Polizistin nahm die Angelegenheit jedoch ernst und nahm ein drei Seiten langes Protokoll auf und leitete es der Kriminalpolizei weiter.

Zu dieser Zeit empfand ich kein Verlangen mehr in die Türkei zu fliegen und sagte zu allen Leuten: „Die Türkei sieht mich nie wieder!"

Zwei Wochen fühlte ich mich in München ganz wohl, doch schnell schlich sich wieder Routine ein und ich dachte gelegentlich an Alanya. In Deutschland lebte ich immer noch in zwei Welten, physisch in der deutschen und mental in der türkischen. Aber mittlerweile hatte ich eine innere Distanz zu den vergangenen Geschehnissen und Personen. Nach einiger Zeit verspürte ich in München wieder das quälende Gefühl der Ödnis und dem Entschluss, die Türkei nie wieder zu sehen, wurde ich schnell untreu.

Ein paar Wochen später rief mich morgens meine türkische Bekannte an. Sie sagte: „Ich möchte mit dir zu meinem Onkel fahren, der in der Nähe von Antalya in einem Dorf wohnt." Ich freute mich und dachte, so könnte ich auch einmal für ein paar Tage nach Alanya fahren. Das Thema Türkei und Alanya war für mich noch lange nicht beendet; die schmerzhafte Sehnsucht ließ nicht nach und ständige Tagträume von den Bildern in Alanya begleiteten meinen Alltag. Abgesehen von dem Geldproblem, hatte ich in der Türkei überwiegend ein Gefühl der Unbeschwertheit verspürt.

Zwischendurch sah ich mir in meinem Laptop über Google-Earth Alanya an. Ich betrachtete die Stadtteile und Straßen immer wieder genau und zeigte sie auch meinen Freunden.

Ich setzte ein Inserat in die Zeitung mit folgendem Text: „Sie sucht türkischen Ihn. Gerne auch mit Kind. Er sollte Katzen mögen. Späteres Wohnen in der Türkei nicht ausgeschlossen." Es meldete sich ein Mann. Bei unserem

Treffen stellte sich heraus, dass er Verwandtschaft in der Nähe von Antalya hatte. Eine Ferienwohnung war auch vorhanden, doch zwischen ihm und mir funkte es nicht.

Die Sehnsucht nach diesem Land blieb. Ich gab nicht auf, Überlegungen anzustellen, wann und wie ich in der Türkei wohnen könnte.

Nach ein paar Wochen bekam ich eine SMS, in der stand, dass es meiner Katzenfamilie gut gehe. Ein unbezwingbarer Drang in der Türkei zu sein, überfiel mich.

Nach fünf Monaten beschloss ich wieder nach Alanya zu fahren, denn dort wartete eine Katzenfamilie auf mich. Es gab 1000 Gründe für mich wieder nach Alanya zu fliegen.

Vollkommen unerwartet schrieb mir die Flugbegleiterin von Freddy, ob ich immer noch interessiert sei, in ihrer Wohnung während eines Alanya-Aufenthaltes zu wohnen. „Allerdings gibt es einen Haken", sagte sie am Telefon. Es lief im Moment ein Prozess zwischen ihr und einer serbischen Frau, die behauptete, die Wohnung gehöre ihr. Auch war sie und ihre Familie schon einmal in Anja's Wohnung eingebrochen. Doch trotz dieses Hakens – denn auch etwas gierig nach Sensationen – hielt mich nichts davon ab, nach Alanya zu fliegen. Ich zögerte nicht lange und bejahte. In spätestens drei Wochen wollte ich wieder in die Türkei fliegen. Ungeduldig wartete ich auf den Tag der Abreise. Immerhin hielt ich mich schon wieder acht Monate in München auf.

Endlich saß ich im Flugzeug und flog zu meiner heiß geliebten Stadt Alanya.

Im Flugzeug mussten die Passagiere ein Formular wegen der Schweinegrippe ausfüllen, das anschließend von einem Arzt überprüft wurde.
Ich ließ mich wie üblich mit dem Taxi zur Busstation an die Küstenstraße fahren. Fünf Taxifahrer baten mich auf der Bank Platz zu nehmen und zu warten. Sie sahen mir zu, wie ich mit meiner Stopfmaschine eine Zigarette herstellte. Ich stopfte für alle Zigaretten und bekam einen Çay.
Auf der Fahrt mit dem Otobüs kamen beim Anblick der Villen wieder schmerzliche Erinnerungen auf. An der Strandpromenade des Keykubat-Strandes stieg ich aus dem Dolmuş und überquerte die A. Asim Tokuş Sokak. Bei dem früheren Afra-Market, dem jetzigen Kaufhaus Makro Market, fragte ich Hotelbesitzer nach der Adresse und suchte die Wohnung. Zweimal in die Irre geführt, fand ich dann endlich gegen 22

Uhr das Haus. Die Nummer der Wohnungstür wusste ich nicht und so fragte ich die Freundin von Anja. Als ich die Tür aufsperren wollte, klemmte das Schloss. Ich bemühte mich vergeblich die Tür mit dem Schlüssel aufzuschließen. Nach mehreren Versuchen gelang es mir immer noch nicht, sie zu öffnen. „Warum sollte bei mir auch einmal etwas reibungslos verlaufen?", fragte ich mich verzweifelt. Es war mittlerweile kurz vor Mitternacht und ich schwitzte Blut. Ich betete zu Allah, mich vor weiteren Katastrophen, und seien es nur die kleinsten, zu bewahren. Meine Belastungsgrenze war wieder einmal erreicht. Zum Glück stand auf einmal die Hausverwalterin hinter mir und es gelang ihr, durch Ölen des Schlosses, die Tür aufzuschließen. Endlich befand ich mich in der Wohnung. Es war eine 2-Zimmer-Wohnung mit Terrasse; von allen Seiten der Wohnung sah man vor den Fenstern Kirschlorbeerbäume. Hinter dem Haus befand sich ein Swimming-Pool.

Am nächsten Tag verließ ich das Haus und bemerkte das erste Mal in der Türkei Mülltrennung, die in dem Haus gehandhabt wurde. Mülltrennung finde ich gut und halte mich auch daran. Die türkische Verwalterin, die gerade im Vorgarten das Gras besprengte, sagte beinahe drohend zu mir: „Dass Sie das mit der Mülltrennung ja richtig machen!" Der Garten und

der Hauseingang waren peinlich sauber. Schon an diesem Tag sank deswegen meine Stimmung. „Das ist ja schlimmer wie in Deutschland", dachte ich. Weil ich nichts falsch machen wollte, warf ich in dieser Zeit meinen Müll in einen entfernteren Müllcontainer. In diesen drei Wochen hörte ich ständig das Wort Jasak, in diesem Haus war alles Jasak – Verboten. Ich war mitten in Alanya in ein Spießerhaus geraten. Es fehlte nur noch ein Schild mit der Aufschrift: Rasen betreten verboten! So etwas hatte ich in Alanya in den zwölf Wohnungen, in denen ich in den letzten sieben Jahren gewohnt hatte, nie erlebt. Diese makellose Ordnung in dem fast deutsch aussehenden Haus stieß mich regelrecht ab. Mir persönlich sind leicht verschmutzte Treppen lieber und Häuser, in denen die Leute nicht ständig ihre Nachbarn beobachten und kontrollieren. Es war alles wie geleckt. Auf den Treppen konnte man vom Boden essen, der Rasen wurde ständig gemäht und die Katzen durften im Garten nicht gefüttert werden. „Jetzt erst recht", dachte ich trotzig und warf nachts Wurst und Futter vom Balkon.
Andere Mieter, die sich am Swimming-Pool neben der Haustüre befanden, beobachteten jedes Kommen und Gehen. Horror! „Hatte man jetzt dieses kleinbürgerliche Verhalten bereits in die Türkei verlegt? Nein, das durfte nicht geschehen. Würde mir jemand diese Wohnung

umsonst anbieten, würde ich dankend ablehnen", überlegte ich.
Vor der türkischen Hausverwalterin, gab es eine deutsche. Da herrschte wahrscheinlich noch mehr Zucht und Ordnung. Sie wurde bei einer Versammlung abgewählt.

Während meiner Streifzüge am nächsten Tag sog ich wieder alles auf; Gerüche, Geräusche, ich wollte umbraust sein von Alanya. Das Wetter war strahlend, ein leichter Wind wehte und es war nicht zu heiß. Alanya weckte wieder meine Lebensgeister. Ich suchte den kleinen Imbiss im Stadtzentrum in dem abgelegenen Gässchen auf, vor dem ich früher mit Deniz gesessen hatte. Hier standen nur ein paar einfache Hocker und kleine Holztische, Touristen verirrten sich selten dorthin. Ich bestellte mir wieder den obligatorischen guten Käse-Salamitoast und trank kühlen Ayram dazu. Anschließend suchte ich das Apart Otel auf, wo alles begann. Das Otel war unbewohnt und in schlechtem Zustand.

Im Atatürk-Park bewunderte ich die Wasserläufe, Springbrunnen und die schöne Bepflanzung. Ich setzte mich auf die hölzerne Hollywood-Schaukel und ließ meinen Blick über die Anlage gleiten. Den Park hatte ich in anderer Erinnerung, aber das waren ja schon mehrere Jahre her.

Und wieder war ich nicht in Ferienstimmung, das konnte ich in Alanya wahrscheinlich überhaupt nicht mehr sein. Die Stadt gefiel mir nach wie vor, doch Trübsal kam auf, denn ich wusste, dass ich in absehbarer Zeit nicht in Alanya wohnen konnte. „Wichtig wäre für mich, in Alanya ein eigenes Zuhause zu haben", waren meine Gedanken. So ging ich wie schon früher in das Lottogeschäft und füllte einen Sayısal-Loto-Schein aus. „Sollte ich gewinnen, so könnte ich mich hier gleich nach einer Wohnung umsehen und dann würde ich nach München zurückfliegen, um alles zu regeln", plante ich im Stillen.
Anschließend lief ich zum Keykubat-Strand, in der Nähe des Parasailing. Aus der Strandbar neben mir ertönte Musik. Diesmal leistete ich mir einen Liegestuhl und fand im Schatten des Sonnenschirmes Entspannung. Am Strand zu liegen, empfand ich als wohltuend, das leise Meeresrauschen beruhigte, aber stundenlang am Strand verweilen konnte ich noch nie.

In Anja's Wohnung hörte ich abends Hupkonzerte und ein Feuerwerk wurde veranstaltet. Im Fernsehen brachten sie den Sieg des Fußballvereins Beşiktaş Istanbul, sie hatten gegen Galatasaray gewonnen.

Am Nachmittag des darauffolgenden Tages sah ich einen neuen öffentlichen Strandabschnitt, der erst vor kurzem von der Stadt eröffnet worden sein musste. Am liebsten hätte ich mich dort hingelegt, aber ich bemerkte nur Einheimische, die es vielleicht nicht gerne sahen, wenn sich Touristen dazugesellten. Ich lief den Strand entlang und sammelte ein paar Steine auf, die ich mit nach Deutschland mitnehmen wollte. Keine archäologisch wertvollen, sondern einfache Steine, denn ich wollte ja keine Schwierigkeiten an der Passkontrolle bekommen. In der Nähe des Hafens setzte ich mich auf ein Felsstück. Von einem Schiff, dass gerade eingelaufen war, gingen die Passagiere von Bord. Ich beobachtete die Fischer, die seelenruhig auf das Wasser sahen und kam zu keiner Lösung, wie ich in Alanya wohnen könnte.

Abends lief ich durch die Iskele Straße zum Ver anstaltungsplatz am Hafen vor dem Wasserfall. Dort fand ein Schulfest statt. Ich setzte mich zu dem Publikum und sah den jungen Mädchen, die Ballett tanzten, zu.

Einen Tag später suchte ich wieder die Straße auf, in der ich das letzte Mal gewohnt und die Katzenfamilie gefüttert hatte. Die Pension betrieb nun ein junger Chef namens Selim.
Unter mehreren Katzen bemerkte ich eine, auf deren Nacken sich eine Wunde befand. Die obere Hautschicht war wie mit Blasen versehen und hatte eine graue ungesunde Farbe.

Am nächsten Tag war ich wieder vor der Pension. Die Wunde der Katze ließ mir keine Ruhe und so entschloss ich mich, Senay zu Bayram Bay zu bringen. Der Kollege säuberte die Wunde und Bayram fragte mich: „Das ist eine Straßenkatze, die normalerweise sterilisiert werden muss. Was machen wir, Lucy?"
„Ich lasse sie sterilisieren."
Ich kratzte mein letztes Geld für die Sterilisation zusammen. Hauptsache Senay musste sich später nicht auf der Straße um ihre Jungen kümmern. Nach der Tierarztbehandlung setzte ich Senay wieder auf der Straße aus, doch dann holte ich sie nach drei Tagen trotz Bedenken bezüglich des Spießerhauses in die Wohnung. „Selbst wenn ich hier Schwierigkeiten bekommen sollte, Senay geht vor", dachte ich. Ich wollte nicht, dass sie sich durch ihre Wunden auf den schmutzigen Straßen eine Entzündung zuzog.

Senay verhielt sich in der Wohnung unerwartet anhänglich. Sie verfolgte mich wie damals Freddy auf Schritt und Tritt. „Wie soll das ausgehen, wenn ich sie wieder aussetzen muss?", schoss es mir durch den Kopf.

Am Tag vor meiner Abreise lag sie dicht an meinen Beinen. Ich wurde von Minute zu Minute unruhiger, dann riss ich sie aus dem Schlaf und verfrachtete sie in die Transportbox. Sie hatte einen Schock, als ich sie vor der Pension aussetzte. Mit großen Augen saß sie beinahe unbeweglich einige Meter entfernt von den anderen Katzen.
Schweren Herzens ließ ich mich in der Nähe eines kleinen, romantisch anmuteten Lokals nieder und wollte in Ruhe einen Kaffee trinken. Doch nach zwei Stunden trieb es mich, obwohl mein Koffer noch nicht gepackt war, wieder zu Senay. Sie saß immer noch mit großen Augen bewegungslos auf dem gleichen Fleck.

In der Nähe von Anja's Wohnung entdeckte ich ein Lokal, das einem Holländer gehörte. Am Tisch erzählte eine holländische Frau: „Ich wohne hier und bin mit einem türkischen Mann glücklich verheiratet. Wir haben zwei Kinder, ein

Haus, Pferde, Katzen und Hunde." Ich beneidete die Frau und bekam ein Stimmungstief, da ich mir so etwas auch für mich gewünscht hätte.

Am letzten Tag meines Aufenthaltes in der Wohnung bedrohte mich die serbische Frau im Treppenhaus. „Was machen Sie in meiner Wohnung?", fuhr sie mich an.
„Das ist die Wohnung meiner Bekannten!", erwiderte ich darauf. Sie versperrte mir den Weg und wollte mir alles erklären, doch ich ließ mich auf keine Diskussion ein.
Nach einer Viertelstunde gelang es mir endlich, in den Aufzug zu treten und in den zweiten Stockwerk zu Anja's Freundin zu flüchten. Ich zitterte an Händen und Füßen, doch nicht nur wegen dieser Frau, sondern auch wegen Senay, die vielleicht noch immer unter Schock auf der Straße saß.

Auf der Rückfahrt entlang der Küste saß ich gedankenverloren im Bus. Auf dem Flughafen zeigten sich die ersten Symptome einer starken Depression. Ich hasste die heiteren Urlauber, die so locker und mit sich selbst zufrieden waren.

In München sank meine Stimmung noch mehr und in meiner Wohnung wollte ich nur noch schlafen. Wieder fand ich Deutschland inklusive meiner Wohnung unendlich grässlich. Ich holte Freddy und Nelly von meiner Cousine ab und weinte ihr wegen Senay etwas vor. „Was soll ich nur wegen Senay machen?"
„Könntest du sie nicht einfach hierher schicken lassen?", fragte sie mich.
„Nein, die notwendigen Impfungen und der Aufenthalt in der Tierpraxis kosten 800 Euro, die ich nicht habe", antwortete ich verzweifelt. Meine Katzen waren gesund und gesättigt. Senay hingegen war auf der Straße wieder seit Monaten dem Existenzkampf ausgesetzt.

Wegen einer Kreuzbandverletzung kam ich ins Krankenhaus. Kurz vor der Narkose sagte die Ärztin zu mir: „Denken Sie jetzt an etwas Schönes!"
Kurz vor dem Einschlafen sagte ich lächelnd: „Oh ja, ich denke an Alanya." Die Ärztin lachte und sagte mir, sie habe schon seit längerer Zeit geplant, einmal Urlaub in Alanya zu machen.

Nach monatelangem Ringen schaffte ich es, dass Senay nach Deutschland kommen konnte und flog zu einer Bekannten, die sich um sie kümmerte.
Am Check-in-Schalter sagte mir die Angestellte:

„Es ist kein Ticket für Sie hinterlegt."
Aufgebracht sagte ich: „Aber ich habe den Flug gebucht und muss nach Alanya!"
Ein Mitarbeiter des Bodenpersonals brachte es mir dann einige Minuten vor dem Abflug noch schnell ins Flugzeug.

Carola wohnte in der Altstadt von Alanya, dort hatte ich noch nie gewohnt.

Ich bemerkte wieder Veränderungen in Alanya, ich entdeckte mehrere neue Gebäude und Restaurants. Die Stadt gefiel mir immer noch.

Das erste Mal besuchte ich in Alanya einen Hamam und genoss die Schaummassage. Danach fuhr ich zur Alanya Marina, dem neuen Jachthafen und sah mir die Jachten und das gesamte Gelände an. In einem Restaurant mit Swimming-Pool bestellte ich ein Sandwich und Salat. „Meine Stunden hier sind gezählt, in einigen Tagen sitze ich wieder im Flugzeug nach Deutschland", dachte ich schmerzvoll.

Einige Tage später fuhren wir nach Demirtaş und trafen die Leiterin des Tierheimes für Hunde. Ich erzählte ihr von meiner Idee, einen Verein für Katzen gründen zu wollen. Sie fand dies gut.

2016 suchte ich Alanya das letzte Mal auf.

Aufgrund der Terrorangst blieb in diesem Jahr der Reiseandrang aus.

Und immer noch vermisse ich die schöne und lebendige Stadt Alanya.

Meine Sehnsucht nach Alanya bleibt, denn es hört nicht auf, dass ich beinahe täglich diese Stadt sehen, hören und riechen will. Ich habe immer noch die Illusion, dass ich irgendwann einmal in Alanya wohnen kann. Alanya lässt mich nicht los.
Ich hatte dort gelebt und geliebt und möchte keine Stunde rückgängig machen. Ich habe dort unvergesslich schöne Stunden verbracht.

Das Los, das ich gezogen habe, heißt Alanya, denn mein Herz ist dort zu Hause, auch wenn ich jahrelang weg war.